書下ろし

伏《ふく》竜《りよう》

蛇杖院《じやじよういん》かけだし診療録

馳月基矢

JN100204

祥伝社文庫

目次

浅草寺
東本願寺
駒形長屋
吾妻橋
大川
浅草見附
（浅草御門）
馬喰町
回向院
薬研堀
つき屋
源森川
小梅村
業平橋
蛇杖院
竪川
横川
小名木川
深川
北
東
南
西

『伏竜』の舞台
不忍池
神田川
麹町
長山家
日本橋瀬戸物町
唐物問屋 烏丸屋
大伝馬町
雲母橋
江戸城
北町奉行所
日本橋
南町奉行所
銀座町
呉服屋
大和屋

『伏竜』主な登場人物

長山瑞之助……旗本の次男坊。「ダンホウかぜ」で生死を彷徨い蛇杖院に運ばれる。堀川真樹次郎らの懸命な治療に感銘を受け、医師になることを目指す。

堀川真樹次郎……蛇杖院の漢方医。端正な顔立ちながら気難しく、それでいて面倒見はよい。瑞之助の指導を任されている。

鶴谷登志蔵……蛇杖院の蘭方医。肥後、熊本藩お抱えの医師の家系ながら、勘当されている。剣の腕前も相当で、毎朝、瑞之助を稽古に駆り出している。

桜丸……蛇杖院の拝み屋。小柄で色白。衛生部門も差配する。遊女の子で花のように美しい。

玉石　……蛇杖院の女主人。長崎の唐物問屋・烏丸屋の娘。蘭癖（オランダかぶれ）で、蛇杖院も、道楽でやっていると思われている。

おけい　……蛇杖院の女中頭。声が大きく口うるさいが、仕事は早く抜かりがない。元は桜丸の婆や。

巴　……患者の世話をする女中の中では、中心的存在の働き者。なぜか、瑞之助には厳しく当たる。

おふう　……通いの女中。十二歳。母の治療費のために妹・おうたと蛇杖院で働く。幼いながらもしっかり者。

おうた　……通いの女中。おふうの妹。六歳。瑞之助に人形を作ってもらったり、文字を教えてもらったりして、なついている。

地図作成／三潮社

序

大八車で運ばれながら、私はもう死んだのだ、と瑞之助《みずのすけ》は思った。前に聞いたことがあった。疫病《えきびょう》で命を落としたら、その亡骸《なきがら》はどう扱われるのか。

いつの頃にも、人の世に疫病が広がることがあった。人がばたばたと死んでいくのだ。疫病神《やくびょうがみ》に魅入られた亡骸は、手厚く弔《とむら》われたりなどしない。できるだけ人里から遠ざけて、ひとところにまとめて塚をこしらえるのがせいぜいだ。

きっと私もそんなふうに捨てられる亡骸なのだと、瑞之助は観念した。

たちの悪い流行《はや》りかぜが江戸の町を襲った。

瑞之助はひどい高熱に浮かされた。幾日も床を離れられず、しかし、体がつらくてろくに眠れもしなかった。

高名な医者に診《み》てもらっても、どんな薬を飲んでも、駄目だった。だんだんと病は重くなり、粥《かゆ》さえ食べられなくなった。黙っていても息苦しいのに、ひとたび咳《せき》が出れば止まらなくなる。瑞之助はみるみるうちに弱っていった。

頭が割れんばかりに痛かった。目を開ければ、脳が光に射られるかのように痛んだ。腹の中も気持ちが悪かった。寝返りを打つだけで五臓六腑《ごぞうろっぷ》が押し潰《つぶ》されるかに思えた。身じろぎをすれば、節々は、千切《ちぎ》れてしまいそうに痛んだ。

大八車の荷台は揺れる。車輪が小石に乗り上げ、あるいは地べたのくぼみに掛かるたびに、瑞之助の体は為《な》す術《すべ》もなく弾んだ。それが頭にも臓腑《ぞうふ》にも節々にも響いて、ずきずきと痛んだ。息さえろくに継げなかった。

死んだはずなのに、まだ苦しい。ならば、これは地獄か。

瑞之助は救いを求め、許しを乞《こ》うた。いや、誰も応えてはくれるまいと、半ばあきらめてもいた。

「あきらめるな。治してやる」

不意に、そんな声を聞いた。

瑞之助は重いまぶたを無理やりに開けた。霞《かす》む視界の中に男の姿が見えた。

光を背にした男の顔はわからなかった。ただ、こちらを見つめるまなざしを、瑞之助は感じ取った。きっぱりと強く、優しいまなざしだった。

この人は、閻魔《えんま》や鬼ではあるまい。衆生《しゅじょう》を導き救うという地蔵菩薩《ぼさつ》か。それとも釈迦《しゃか》が自ら、哀れな亡者を救いに来たのか。

うわごとを続ける瑞之助に、男は笑ってみせた。

「俺は医者だ。おまえはまだ生きている」

だから安心して眠れ、と告げられた。

それが合図であったかのように、瑞之助は、すとんと眠りに落ちた。


文政《ぶんせい》四年（一八二一年）の春二月、江戸に悪いかぜが流行った。

咳の一つ二つでうつってしまい、ひどい熱が出て頭が痛む。節々も軋《きし》むように痛む。さらには背中や腕までも、まるで無理して重いものを運んだ後のように痛む。

流行りかぜは、海の向こうから入ってくるものだ。こたびの流行も異国船を受け入れる長崎《ながさき》から始まり、廻船の集まる大坂《おおさか》へ運ばれた。大坂の次は京《きょう》で流行った。そして一月《ひとつき》ほど遅れて、江戸にも入ってきた。

それが前年の秋から冬にかけてのことだった。しかし、流行りかぜは一度広がると、波が寄せては返すように、二度三度とやって来るものだ。

初めの流行は先触れのようなものだった。年明けからじわじわと再来したほうこそ、大波の流行だった。

裏長屋の住人や商家の奉公人は、狭いところにぎゅっと集まって寝起きをする。そこにひとたび流行りかぜがもたらされると、たちどころに広がってしまう。

屋敷を構えた侍も、ご公儀の勤めで人が集《つど》うところに赴《おもむ》けば、流行りかぜを持ち帰ることになった。千代田《ちよだ》のお城も奥のほうまで大変なことになっているらしい、という噂も、まことしやかにささやかれた。

咳でうつる病だと、皆わかっている。それゆえ、口元を手ぬぐいで覆《おお》う盗人《ぬすっと》のような姿で、お店者《たなもの》も人前に立った。

水菓子は、江戸じゅうの店という店から姿を消した。食事が喉《のど》を通らない病者も水菓子なら口にできるから、金持ちによる買い占めが横行したのだ。

医者は、腕利《き》きから順に呼ばれて家に帰る間もなくなり、藪《やぶ》医者どころか筍《たけのこ》医者でさえ、てんてこ舞いになって働いた。筍医者とは、竹藪にもなれずにぽこぽこと筍が顔を出した程度の、腕も名もない医者、という意味だ。

葛根湯《かっこんとう》、柴胡桂枝湯《さいこけいしとう》、小柴胡湯《しょうさいことう》など、かぜによい薬が飛ぶように売れた。ここぞとばかりに値を吊り上げられた者も、薬と謳《うた》った偽物をつかまされた者も多かった。

先触れのときに流行ったかぜでは、熱は一昼夜かそこらで引くものだった。よほど体の弱い年寄りや子供でなければ、たいそうなことにはならずに済んだ。

ところが、二度目の波にやられると、体が強いはずの者さえ幾日も熱が下がらなかった。咳が止まらずに息が継げない。運悪くこじらせてしまえば、肺に病が及び、血を吐くこともある。

長山《ながやま》瑞之助がまさしくそれだった。

瑞之助は旗本の次男坊で、齢《よわい》二十一。生まれてこのかた、大病ひとつしたことがなかった。長山家は十分に裕福であり、医者も呼べるし、薬も水菓子も手に入った。

すぐに治るだろうと診立てられたにもかかわらず、瑞之助の病はどんどん重くなった。布団の上で身を起こすだけで、息切れとめまいがした。これはおかしいぞと、日頃は寝つくことのない瑞之助にもわかった。

母も兄も、下働きの者たちも、同じように流行りかぜをひいた。そして、案外あっさりと治った。瑞之助だけが肺まで病んだ。

長山家は総出で手を尽くした。幾人もの医者が長山家に呼ばれ、瑞之助の病を診たが、ついには匙《さじ》を投げた。拝《おが》み屋も坊主も駄目だった。

そして、瑞之助の母は最後の博打《ばくち》をうつことを決めた。

「蛇杖院《じゃじょういん》の医者を呼びましょう」

地獄の鬼と取り引きをするかのような、悲壮な決断だった。

「この人の病、ちゃんと治せましょうか?」

枕元で若い男の声がして、瑞之助は目を覚ました。いや、いくらか低い女の声だろうか。うっすらとまぶたを開くと、白っぽい着物が見えた。

部屋の中に二つ、人影があった。二人とも同じ着物をまとっている。白っぽくて袖丈《そでたけ》の短い、素っ気ない着物だ。

男が、初めの問いに答えた。

「いちばん危ういところは切り抜けた。でたらめに飲まされ続けた薬の害も、そろそろすべて体から抜けた頃だろう。あんたの目には、まだ危うく見えるか?」

「あい。心持ちが弱っているようですから、いささか心配です」

「うなされてはいるな。しかし、いつ息ができなくなってもおかしくないほど肺の病が進んでいたが、持ち直した。体そのものは強い。快復を信じていいと思うぞ」

答える男と、瑞之助の視線が合った。

男は口元を布で覆い、頭巾《ずきん》も深くかぶっているため、目元しか見えない。だが、瑞之助にはぴんと来た。地蔵菩薩かとも思われた、あの医者だ。

医者はわずかに目を細め、手早く瑞之助の首筋の脈を診た。ひんやりとした指が心地よく、瑞之助は息をついた。

ぜいぜいと、嫌な音を立てて胸が鳴った。

医者は眉間《みけん》に皺《しわ》を寄せた。

「まだ痰《たん》が絡《から》んでいるな。おい、聞こえるか？　しゃべらなくていい。起き上がろうとしなくていい。養生するんだ。ゆっくりと休め。そうすれば、治る」

医者は、いま一人の者に何事かを告げ、足早に去っていった。

その背中を見送りながら、瑞之助は初めて、自分が寝かされた部屋の様子を知った。

狭い部屋だ。布団を敷くと、左右に人が座れる程度の幅しか残らない。見えている三方とも が襖《ふすま》である。

医者が出ていった襖の向こうは、長い廊下になっているようだ。誰かがばたばたと走ってきて、わあっと何かをまくし立てた。医者がそれに応じ、慌ただしく走っていった。

ほかにも病者がいるのだろう、という気がした。ほかの者も苦しんでいるのだろうか。もしそうなら、医者が瑞之助にばかりかまっていられないのも道理だ。

部屋に残った一人が、瑞之助に問うた。

「お水、飲めますか？」

瑞之助はうなずいた。

その人は、にっこりと微笑《ほほえ》んだ。頭巾からのぞく目元だけでも、ぱっと花が咲くかのように美しい微笑みだった。

瑞之助は抱き起こされ、椀を口にあてがわれて、ゆっくりと水を飲まされた。ずいぶん喉が渇《かわ》いていた。

体を起こしているほうが、呼吸が楽だった。しかし、ぐらぐらとめまいがして、耐えられなかった。再び布団に横たわると、息が切れた。

「寝返りを打ちますか？　わたくしが手伝いましょう」

瑞之助の胸の内を読んだかのように、その美しい人は世話を焼いてくれた。ありがとうと礼を言いたくても、瑞之助はうまく声が出せない。もどかしかった。

すんなりと長い指を持つ白い手が、瑞之助の目を覆った。

「ゆっくりお眠りなさい。あなたの身の中に、まだ穢《けが》れがたまってはいますが、真樹次郎《まきじろう》が、あなたは治ると言っています。その言葉を信じて、お眠りなさい」

男とも女ともつかない、ほどよく低く落ち着いた声は、瑞之助の耳にしっくりと馴染《なじ》んだ。ただ言葉を紡《つむ》ぐだけで、唄を歌うかのように心地よい声だった。

この人たちに任せていれば大丈夫だと、瑞之助は思った。安心したせいだろう。すうっと優しい眠りが訪れた。


瑞之助も少し具合がよくなってくると、昼夜の別がわかってきた。

朝は熱が下がり、体を起こすことができる。どうにか立って、頭巾と覆面をした下男に支えられながら、厠《かわや》に行く。帰ってきたときには、布団が取り替えられている。

瑞之助の体の世話をするのは、いつも同じ男だった。背丈はさほど大きくないものの、がっしりとして力が強い。瑞之助の具合がよい朝のうちに、瑞之助の体を拭いたり、強張《こわば》った節々や筋をほぐしてくれたりする。

滋養《じよう》の薬を持ってきたり給仕をしたりするのは女中だった。年頃はさまざまで、老いた者からごく幼い者までいる。こちらも皆、顔や頭を布で覆っている。

この診療所で働く者は、医者も女中も下男も、同じような麻の着物をまとっている。華陀着《かだき》、と呼ぶ着物だという。下男が教えてくれた。華陀とは、いにしえの唐土《もろこし》であまたの病者を癒《い》やしたという医者の名だ。

襖で仕切られた向こうにも、別の病者が寝かされていた。声を聞く限り、瑞之助よりも病は軽そうだった。

瑞之助の具合は、一進一退だ。昼を過ぎると熱が上がり始め、夕方から夜にかけてはひどい。起きていられないほどに頭がぼんやりする。けれども、眠っていられないほどに頭が痛む。

肺の病もつらかった。どんなに深く息を吸っても、十分ではない。一目散《いちもくさん》に走った直後のような息切れと動悸《どうき》が、いつまで経っても治まらないのだ。

本当に治るのだろうかと、うわごとでつぶやいたのを覚えている。

医者が、瑞之助の耳元ではっきりと告げた。

「確かにおまえの病は重い。おまえの体が弱ければ、とっくに命が奪われていただろう。だが、おまえは強い。これほどの病に冒《おか》されながらも、少しずつよくなってきているんだ。あと少しの辛抱だぞ。己の体を信じろ」

楽になる薬は、ないんですか。

瑞之助は、そう問うてみた。喉がかすれ、ほとんど声が出なかった。医者は瑞之助の口に耳を近づけ、聞き取ってくれた。そして、かぶりを振った。

「薬が病を消し去るわけじゃあない。いぼのようなものなら除いてやれるが、このたびの流行りかぜや、おまえを苦しめている肺患《わずら》いは、切り落とせるものではない。いいか。病に打ち勝つのは、おまえ自身の体だ」

諭《さと》す声は、優しく瑞之助の心に寄り添った。医者が瑞之助の体を気遣い、話し掛けてくれる。ただそれだけで、一人ではないのだとわかり、恐怖が薄れた。

「だから、わかるか？　気を強く持って、あと少し辛抱するんだ。じきに苦しくなくなる。息ができるようになる。あきらめるなよ」

瑞之助は、熱に霞む目を開き、医者を見つめてうなずいた。

喉に痰が絡んで苦しいときは、薬を仕込んでいるらしい湯気を吸わされた。そうすると、痰が柔らかくなり、ぎゅっと狭まっていた喉もいくらか広がって、息が継げるようになるのだ。

ぜいぜいという、瑞之助の胸の喘鳴《ぜんめい》を聞いて、医者が処置を決める。

「安息香《あんそくこう》の吸入を」

短く告げると、下男や女中が手早く処置をする。

小さなガラスの灯籠《とうろう》に火をともし、ガラスの器を熱して、その中で薬湯を沸騰《ふっとう》させる。湯気は、奇妙な手ざわりの布でできた管を通って出てくる。それを病者が吸うのだ。

薬の湯気に甘い匂いがあると気づいたのは、ある日突然のことだった。その日は、朝昼晩と夜中に飲まされる薬が苦いことにも気づいた。流行りかぜをこじらせて寝ついて以来、匂いや味を忘れていたらしい。

ひとたび匂いや味を思い出すと、己の体の汗と脂《あぶら》の匂いが気になった。部屋の隅に置いた尿瓶《しびん》の匂いも鼻についた。肺の中に巣食う病のせいで咳をしたり痰を吐いたりすれば、口の中に血の味と匂いが広がった。

味がわかるようになったことを医者に告げると、その日から、重湯ではなく粥と味噌汁が出るようになった。

瑞之助は覚えていなかったが、味も匂いもわからないから何も食べたくない、と拒んだことがあったらしい。熱に浮かされて子供のようなわがままを言ったことを、瑞之助は恥ずかしく思った。

粥には梅干しが添えてあった。米のほのかな甘みと梅干しの酸味が、しみるようにおいしかった。具を柔らかく煮た味噌汁も、ふくよかな香りがして、涙が出るほどおいしかった。


長山家の者は、瑞之助の見舞いに来なかった。手紙や差し入れもなかった。

瑞之助は次第にそれが不思議になってきて、下男に尋ねてみた。世話をしてくれる者の中で、下男がいちばん気兼ねをせずに済む相手だ。

下男はおずおずと答えた。

「病者が治って家に帰れるようになるまで、見舞いも手紙も差し入れも断わっているんです。それが蛇杖院の決まり事なんですよ」

蛇杖院、というのが、この診療所の名であるらしかった。

診療所と呼ぶのもためらわれるほど、広い屋敷である。いくつもの棟があり、庭がある。瑞之助は寝床のある部屋と厠との行き来しか許されていないが、煮炊きの煙が少し離れたところで上がっているのも見えた。

熱が高くなったり落ち着いたりしながら、瑞之助の体はだんだんと快復していった。起きていられるときが長くなり、声も出るようになってくると、蛇杖院のことが不思議に思えてきた。なぜ自分が蛇杖院にいるのかも、あまりわかっていなかった。

瑞之助は、世話をしてくれる者の暇を見て、あれこれと話を聞いた。

蛇杖院は、幾人かの医者を囲う診療所である。瑞之助の体を診るのは、漢方医の堀川《ほりかわ》真樹次郎。ほかの医者は、こたびの流行りかぜについては、真樹次郎の手伝いに回っている。

診療所とはいっても、蛇杖院は旅籠《はたご》のような役割をも果たす。病者を寝泊まりさせ、癒えるまで治療をおこなうのだ。瑞之助が大八車に乗せられて蛇杖院に運ばれたのも、長山家の屋敷にいるより、こちらのほうが治療に都合がいいからだった。

いつも世話をしてくれる下男は、名を朝助《あさすけ》という。年は四十くらいだろう。朝助にも医術の心得《こころえ》があるのかと問うと、朝助は、まさかと言って笑った。いつも布で顔を覆っているが、笑ったときの目尻の皺が優しい。

流行りかぜは、巷《ちまた》でダンホウかぜと呼ばれているらしい。「ダンホウさん、ダンホウさん」と歌う小唄《こうた》が流行っているから、同じように口づてで広がる流行りかぜのことを、ダンホウかぜと呼ぶのだ。

かぜの名のことはもちろん、小唄のことも、世情に疎《うと》い瑞之助は知らなかった。教えてくれたのは、十二と六つの姉妹、おふうとおうただった。

ダンホウかぜにかかって蛇杖院に担《かつ》ぎ込まれてきた者は、一時は十五人ほどに上ったらしい。瑞之助が起き出す頃には、二人か三人、残っているだけだった。

床を上げるまでいちばん長くかかったのが、瑞之助だった。

寝巻を脱ぎ、風呂に入り、きちんと髭《ひげ》を剃《そ》って身支度を整えた。月代《さかやき》はぼさぼさに伸びてしまったが、どうにかまとめて、一応それらしく髷《まげ》を結った。

初めに咳が出た日から数えて、実に一月もの時が過ぎていた。すでに三月も半ばである。

真樹次郎は、顔を覆う布を初めて外して、瑞之助に微笑んでみせた。

「老いた者なら、一日二日で命が尽きていたかもしれん。よく治したな」

瑞之助が思っていたよりもずっと、真樹次郎は若かった。二十代半ばだろう。切れ長で涼やかな目元をした、見目《みめ》のよい男だ。

面と向かって言葉を交わしている、という喜びが、瑞之助を突き動かした。矢も楯《たて》もたまらずとは、こういうことだろう。

瑞之助はまっすぐに真樹次郎を見つめ、腹の底から声を出して、言った。

「真樹次郎先生にお願いがあります。私をあなたの弟子にしてください。私は、真樹次郎先生のような医者になりたいのです！」

第一話　医道ことはじめ

一

自分はどうやら朝が弱いらしいと、蛇杖院の長屋で寝起きをするようになって、瑞之助は初めて知った。

朝は怒鳴り声から始まる。

「いつまで寝てるんだい！　さっさと起きて、水汲《く》みをするんだよ！」

女中頭のおけいは、齢七十。耳が遠いわけではないようだが、声は人一倍大きい。しわしわしたまぶたをかっと開いて相手を見るので、目がぎょろりとしている。

戸口に立つおけいに怒鳴られ、瑞之助は飛び起きた。

「すみません、すぐに行きます！」

「ふん、四十まで数えてやろう。さっさと身支度を整えな」

おけいは鼻を鳴らして戸を閉めた。滑りのよい戸は、ぴしゃっと音を立てた。

瑞之助は大急ぎで着替えながら、椀一杯の湯冷ましを飲んだ。喉を潤すと、体がしゃんと動き出す。桶に汲んでおいた水で顔を洗い、外に飛び出す。

朝一番の瑞之助の仕事は水汲みだ。蛇杖院を訪れる病者の数にもよるが、水汲みの仕事は一日に何度も言いつけられる。そのたびに瑞之助は掃除や庭仕事の手を止め、井戸に走るのだ。

「ぐずぐずするんじゃないよ。今日もきりきり働きな！」

おけいは瑞之助に告げ、いそいそと台所へ向かっていった。口うるさいだけではなく、おけいは仕事が早くて抜かりがない。

いくらか背中が曲がったおけいの姿が見えなくなったところで、瑞之助は、ほっと息をついた。

おけいはおおかたいつでもあんなふうだ。声が大きいのも、ぎょろりとしたまなざしも、がみがみと小言が多いのも、怒っているせいではない。怒りやすいたちではあるが、どかんと噴火したら、すぐにもとの具合に戻る。

瑞之助は袖に襷《たすき》を掛け、着物の尻を端折《はしょ》った。下男らしい格好をすることにも、もうずいぶんと慣れてきた。

「さて、今日も励むとするか」

声に出して言って、瑞之助は己《おのれ》を励ました。

ことの始まりは、春の終わりのあの日だ。

ついに病が癒えた瑞之助は、その勢いで漢方医の真樹次郎に頭を下げ、弟子入りしたいと頼み込んだ。

弟子入り志願は、すんなりとは認められなかった。当然だろう。瑞之助には医術の心得が一つもなかったのだ。

真樹次郎は「弟子など取るつもりはない」と言った。蛇杖院の女主人である玉《ぎょく》石《せき》は「医者でも下働きでもない者を住まわせることはできない」と突っぱねた。

ならば下働きでいいからここで働きたい、働かせてほしい、医術に関わる仕事がしたいのだ。そう粘って頭を下げ続けたのは瑞之助だ。

蛇杖院の世話になった病者やけが人のうち、治療のお代を払うことのできない貧しい者は、そのぶん蛇杖院で働く。そういう決まりになっている。が、瑞之助の治療のお代は、長山家からすでに支払われていた。瑞之助が働く必要も口実もなかった。

玉石が吐き捨てるようにつぶやくのが聞こえた。

「侍は信用ならない」

瑞之助は背筋が凍《こお》る思いがした。生まれそのものをはねつけられては、手も足も出ない。

そもそも、医者は身分の定めから外れたような存在だ。優れた医者は苗字《みようじ》帯刀《たいとう》が許される。真樹次郎や玉石が旗本の瑞之助にへりくだったりしないのも、治療を施す上で、貴賤《きせん》の別をいちいち取り沙汰していられないからだろう。

頭を下げ続ける瑞之助に助け舟を出したのが、女中頭のおけいだった。

「ものは試しだね。旗本の次男坊が贅沢《ぜいたく》暮らしを捨てて下働きをしたいと言うのなら、あたしがこき使ってやろうじゃないか。下働きの手は、いくらあっても余ることはないからね」

いや、おけいとしては、助け舟のつもりなどなかったのかもしれない。しかし、瑞之助にとっては救いの手に違いなかった。

玉石はおけいの言葉を受け、ため息交じりに許しを出した。

「仕方がない。下働きにせよ医者にせよ、人手がほしいのは確かだ」

「それでは、私をここで働かせていただけるのですか？」

「認めよう。だが、心得ておけ。下働きとして入るからには、家が何百石取りの旗本だろうが、下男と同じ扱いだ。手を抜かずに仕事をしてもらおう。仕事のないときに限って、真樹次郎から漢方医術のいろはを教わってもいい」

　玉石は女だが、男のような言葉を話す。すらりと背が高く、男物の帯や羽織を身に着けていることも多い。その日は丸髷《まるまげ》と口紅、女物の久留米絣《くるめがすり》の袷《あわせ》に、袖なしの羽織を引っ掛けていた。

　瑞之助は、深々と頭を下げた。

「ありがとうございます！」

　瑞之助の大声に、何か不平を漏らそうとした真樹次郎の訴えは掻き消された。

　その日から、瑞之助は命じられるままに働いた。病み上がりの体は息切れを起こしやすかったが、本当にまずいときは、どこからともなく真樹次郎が現れて仕事を止めさせた。

　真樹次郎のそうした目配りも、十日ほどで必要がなくなった。瑞之助は、日に日に体が動くようになるのを感じた。一度は死んだとあきらめたのに、まだ自分は動いていられる。それだけのことが、心の底から嬉しかった。

どんな仕事があるのか、何をすればよいのかは、ひととおり、すぐに覚えた。

瑞之助はこれまで、何につけても筋がよく、人一倍器用であると言われてきた。学問でも剣術でも、唄でも箏《こと》でも、書でも絵でも、手先を使う職人仕事でも、何でもだ。

あれをやってみたい、これを試したいと口にすれば、たいていのことは母が師匠を探してくれた。少し教われば、瑞之助はすぐにこつを呑み込んで、できるようになる。ただし一つ達成してしまうと、飽きて長続きしない。

こたびばかりは、飽きたと投げ出すことはできなかった。真樹次郎に病を治してもらった。医術とは何とすごいものかと、心の底から震えて感じ入った。これほど心に刺さるものをようやく見つけたのだ。

朝にきちんと起きられなくて頭から水をぶっかけられても、両手がまめだらけになっても、力仕事ばかりで体が痛くなっても、瑞之助は辛抱強く働いた。

夕刻、その日の仕事が尽きてから、ようやく瑞之助は学ぶことを許される。

机に向かうのがこれほど喜ばしいことだと、蛇杖院で過ごすようになって初めて、瑞之助は身に染みて知った。眠気と闘いながら書物の字句を追う、そのひとときが楽しくて仕方なかった。

蛇杖院は小梅村《こうめむら》にある。江戸の北東の外れから、横川《よこかわ》に架かる業平橋《なりひらばし》を渡ってすぐのあたりだ。

田んぼと畑の多い小梅村は、屋敷にせよ寺にせよ、一軒一軒の敷地が広い。横川を挟んで西側は中之郷《なかのごう》、あるいは本所《ほんじょ》の北の外れだが、そちらは大小の武家屋敷がびっしりと建ち並んでいる。小梅村とは景色がずいぶん違う。

蛇杖院の主である玉石は、日本橋瀬戸物町《にほんばしせとものちょう》にある唐物《からもの》問屋の大店《おおだな》、烏丸屋《からすまや》の娘だ。長崎に本店を構え、馬関《ばかん》と京と大坂にも店を持つ烏丸屋は、大変に羽振りがよいらしい。玉石が望めば、手に入らぬものなどないという。

道楽者の玉石が金を出し、小梅村に屋敷を建てて蛇杖院と名づけてから、まだ三年に満たない。

館《やかた》、と単に呼ばれるのが、病者やけが人を受け入れる診療所だ。館のほかには、二棟の長屋と厨《くりや》と湯殿があり、中庭や裏庭の畑では薬草を育てている。厠《かわや》はあちこちに離して、五つもある。

向かい合わせに建つ二棟の長屋のうち、一の長屋には医者が住み、二の長屋には下働きの者が住んでいる。どちらの長屋も造りは同じで、それぞれ六つの部屋が並んでいる。九尺二間のよくある間取りだが、中二階があるので、そのぶん広い。

瑞之助は、二の長屋に部屋をもらった。西の端の部屋だ。隣は下男の朝助の部屋で、さらに隣は空《あ》き部屋になっている。空き部屋のもう一方の隣は女中頭のおけい、その隣に女中の巴《ともえ》、東の端の部屋には女中の満江《みつえ》とおとらが住んでいる。

医者にあてがわれた一の長屋は、あと二つ、部屋が空いている。住んでいるのは、漢方《かんぽう》医の堀川真樹次郎、蘭方《らんぽう》医の鶴谷登志蔵《つるやとしぞう》、拝み屋の桜丸《さくらまる》と、今は江戸を離れている僧の岩慶《がんけい》だ。

瑞之助の部屋の真向かいが、真樹次郎の部屋だ。真樹次郎は面倒見がよい。瑞之助に漢方医術のいろはを教えるだけでなく、湯屋に行くだとか、飯を食うだとか、何かにつけて声を掛けてくれる。

初めからそうだったわけではない。玉石が条件付きで瑞之助に医術入門を許したとき、真樹次郎はしばらくの間、玉石に否《いな》と訴え続けた。

「俺は忙しい。病者の治療にあたるだけじゃあないんだ。玉石さんだって、俺が何を成そうとしているか、知っているだろう。弟子に教えている暇などない」

一度こうと決めてしまうと、玉石は揺るがなかった。

「忙しいからこそだ。育てておけば、役に立つかもしれんぞ」

「だったら、蘭方野郎にでも預ければいい」

「それは理にかなっていないな。医術を基本から学ぶ者は、まず漢方医書を読み解く力をつけるものだ。なぜなら、臓腑の名にせよ薬種の名にせよ、いにしえの漢方医書がすべての礎《いしずえ》であるのだからな」

「基本を身につけるための漢方医書くらいなら、蘭方野郎だって修めている。あいつのほうが暇だろう。なぜ俺が弟子をとらねばならないんだ」

「弟子からの直々の申し入れがおまえにあったからだ。何より、蛇杖院の漢方医はおまえだよ、真樹次郎。初めは手習いのようなものとはいえ、瑞之助は漢方医術を学ぶのだ。瑞之助を教えるのは、蘭方医である登志蔵には任せられん仕事だろう」

玉石は真樹次郎をあしらうと、瑞之助に問うた。

「漢文はできるか、瑞之助？」

瑞之助は背筋を伸ばした。

「できます。得意です。四書《ししょ》五経《ごきょう》の素読《そどく》を終え、唐土の正史である二十二史《にじゅうにし》や司《し》馬光《ばこう》の『資治通鑑《しじつがん》』にも目を通しました。それから、今様の言葉で書かれた物語ではありますが、『三国志演義《さんごくしえんぎ》』や『水滸伝《すいこでん》』のようなものも読んでいます」

「よろしい。両番筋の旗本のお坊ちゃんだけあって、きちんとした教えを受けているようだな。どこに養子に出しても恥ずかしくないくらいの育ちのよさというわけだ」

からかいを含んだ声音《こわね》のように聞こえた。

部屋住みの次男坊など、役に就ける見込みの薄い穀潰《ごくつぶ》しだ。どれほど秀《ひい》でていようと、家を継ぐことも世に出ることもかなわない。それゆえに哀れまれることにも、侮《あなど》られることにも、瑞之助はもう慣れている。

心を殺すつもりで、黙って微笑んでいれば、何もかも丸く収まる。だから瑞之助は何も感じないふりをして、誰の前でも愛想のいい顔をしてみせるのだ。

瑞之助は玉石に確かめた。

「漢文ができれば、医術を学び始めることにも利があるのですね」

「そうだ。初めに学ぶべき医書が漢文で書かれているからな。おまえは見目のほうも、まあ及第だ」

「見目ですか」

「この蛇杖院では、看板が務まる医者だけを雇《やと》うことにしている」

はあ、と瑞之助は首をかしげた。

瑞之助が弟子入りを請うた真樹次郎は、確かに、絵に描いたように整った顔立ちの持ち主だ。切れ長の目元は涼しげで、鼻筋が通っている。月代を剃らず髷も結わずに括《くく》っただけの髪は、たっぷりと豊かでつやつやしている。

玉石は、形のよい唇の両端を吊り上げた。

「さて、瑞之助。おまえが年明けまでになすべきことを申し渡しておく。『傷寒論《しょうかんろん》』、『金匱要略《きんきようりやく》』、『黄帝内経《こうていだいけい》』の素読を終え、何を問われても答えられるように備えておけ。年明けに、おまえを試すことにしよう」

えっ、と言って瑞之助は訊き返した。何がしかの書物の名を挙げられたのはわかったが、つぶさに聞き取ることはできなかった。

異を唱えたのは真樹次郎である。

「できるものか。年明けまでといえば、九月《ここのつき》しかない。時が足りんだろう。素人の頭に無理やり詰め込んだとしても、そんな医術は使い物にならん」

玉石はにっこりと微笑んだ。有無を言わさぬ気迫があった。

「素人にわかるはずのないものをよりよく解き開き、使い物になる医者を育てる道しるべとなることが、おまえの果たすべき大願ではなかったか、真樹次郎。手始めに、ここにいる弟子に医術の指南をしてみればいい。大願に一歩、近づくはずだ」

果たすべき大願、というものを持ち出されると、真樹次郎はぐうの音も出ないようだった。

そのときの瑞之助には、わからないことだらけだった。

とにもかくにも、春三月のその日、瑞之助は真樹次郎の弟子と認められた。新たな暮らしが始まったのだ。

真樹次郎はふてくされたような顔をしながらも、瑞之助の部屋を整えるのを手伝った。手を動かしながら、いろはともいうべきものを瑞之助に説いた。

「まず覚えるべき名がある。張 仲景《ちょうちゅうけい》。医者の名だ」

「張仲景、ですか」

「漢方医術においては、多くの医書に張仲景の名が出てくる。張仲景は、今より遡《さかのぼ》ること一千六百年ほど前の唐土に生きていた。当時の唐土には漢《かん》の国が建っていたが、やがて滅びて戦《いくさ》の世が立ち現れ、三つの軍勢が相争うようになった。

そのあたりの歴史はわかるな？」

「わかります。漢の終わりから三国時代にかけての医者なら、華陀と同じ頃の人ですね。華陀は『三国志演義』にも出てきますが」

「華陀は方術《ほうじゅつ》の使い手だな。あれはまことのものではない」

「ええ、『三国志演義』は、まことの歴史をもとにした作り話ですから」

「張仲景は、まことの医術を集め、筋道を立てて書に著《あらわ》した。それらの書が今に至ってもなお、漢方医術の礎とされている。『傷寒論』と『金匱要略』は、張仲景の著書をもとに、後世の学者が編み直したものだ。原書は失われている」

「その二書が、素読の教本として挙げられた三冊のうちの二冊。もう一冊は」

「張仲景の頃よりさらに古い時代に成ったとされる『黄帝内経』だ。陰陽《いんよう》五行《ごぎょう》説《せつ》に則《のっと》った、肉体や精神のことわりについて書かれている。原書は散逸し、唐《とう》の時代の医者である王冰《おうひょう》がまとめ直したものが今に伝わっている」

真樹次郎の話を聞くうちに、瑞之助は玉石が課した試験の難しさがうっすらとわかってきた。

「ただ諳《そら》んじればいいというものではないようですね。古い時代の文は、今様の文と比べると、細かいところまで書かれていないものです。省《はぶ》かれている言葉を推《お》し量《はか》り、補ってやらなければ、文の意味がとれない。素読の教本の三冊は、そういう難しい類《たぐい》の書物なのではありませんか？」

真樹次郎はため息をついた。

「物わかりがいいようだな。阿呆でなくて助かった」

瑞之助の部屋があらかた整ったところで、真樹次郎は自分の部屋に瑞之助を招いた。

素読のための三冊の医書は、真樹次郎が貸してくれた。

瑞之助は、手渡された『傷寒論』をぱらぱらと繰《く》った。あちこちに、真樹次郎の手による書き込みがあった。明らかに間違った記述は朱書きで正されている。

「真樹次郎先生は細かい仕事をなさるんですね」

「先生はよせ。病者にそう呼ばれるならともかく」

「なぜですか」

「塾みたいだろう。そういうのは嫌いなんだ」

真樹次郎は吐き捨てた。

「すみません。では、真樹次郎さんとお呼びしてよろしいですか」

「そうしてくれ。俺が病者の治療のほかに手掛けている仕事は、この書き込みなんだ。医書の校勘《こうかん》をしている」

「校勘、ですか。幾種類もの版を比べて異同を突き合わせ、原本の文を推し量りながら、記述を正していく仕事ですよね？」

真樹次郎はうなずいた。

「今に伝わる漢方医書には、書き損《そん》じや竹簡《ちくかん》の綴《と》じ間違い、写本を作った者の思い違いによる誤りが多く含まれている。また、『傷寒論』と『黄帝内経』を比べると、互いに矛盾《むじゅん》する記述もある。時が経って新たな知が見出され、古い時代の誤りが確かめられた例もある。俺はそれらの知を合して、信ずるに足る医書として編み直したい」

真樹次郎の部屋は、隅から隅まで書物だらけだ。足の踏み場はほとんどないが、妙にきっちりとした散らかり方である。中二階に夜具が積まれているのが見えた。

「ここにある書物を、真樹次郎さんはすべて読み終えておられるんですね」

「ああ。俺の家は代々、駕籠《かご》医者のお大尽《だいじん》でな。幼い頃から、こういうものを読まされていた。『論語』が説く孝だの忠だのを身につけるよりも、陰陽と木火土《もっかど》金水《ごんすい》を諳んじろとな」

「陰陽五行説と医術はそれほど関わりが深いものなんですか？」

「関わりが深いといえば深いが、人の体も世の中もすべて陰陽と木火土金水で解き明かせるというのは、漢方医にありがちな驕《おご》りだな。漢方医術の書物だけでは、人の体を十分に解き明かせない。漢方医術は、もっと開かれるべきなんだ」

「今の漢方医術は閉ざされているということですか？」

「ああ。漢方医術には、矛盾している点、足りない点、誤っている点が、いくらでもある。が、そのことに気づかない医者があまりに多い。いや、気づいていながら、あえて目をつぶって古めかしい知を崇《あが》め奉《たてまつ》る連中さえいるんだ。くだらんだろう？　だから、俺は家も塾も飛び出したのさ。蛇杖院で好きにやるのが性《しょう》に合っている」

なるほどと、瑞之助は思った。

蛇杖院に住まうのは、どうやら、わけありの者ばかりらしい。


下男の朝助は優しい男だ。手厳しい女中たちとは違って、瑞之助の仕事ぶりにかかわりなく、いつも静かに微笑んでいたわってくれる。

「瑞之助さんは、本当は金持ちの侍なんでしょう？　下働きの仕事なんて、つらいはずだ。おけいさんも、ちっとは手加減してくれりゃあいいんですがね。さ、手前がお手伝いしやしょう」

親切な朝助だが、初めのうちは、顔を覆う布を取りたがらなかった。瑞之助が朝助の素顔を見たのは、暑さの盛りが近づいてきた頃のことだ。たまたま夜明け前に目が覚めた瑞之助は、井戸端で顔を洗う朝助と、ばったり出くわした。

朝助の顔には、ぱっと目立つ色のあざがあった。朝助は腰を深く折り曲げ、顔を伏せた。

「気味の悪いものを見せちまいましたね。申し訳ねえことです」

うつむいた朝助の傍らに、鉢植えの朝顔が咲いていた。

ああ、と瑞之助は声を漏らした。

「朝顔の花の色に似ているからですか。朝助さんという名前。きれいな名だなと思っていたんです」

ぽかんとした様子で、朝助は顔を上げた。

「まさか」

「違いましたか？」

「あざ助と呼ばれていたんですよ。こいつは、生まれついてのあざですんで。ほかにちゃんとした名があったかもしれませんが、育ての親も誰もかれも、あざ助としか呼ばなかったんです」

瑞之助は慌てた。

「変なことを言って、すみません。悪気があったわけではなくて」

「わかっておりやすよ。朝助という名は、玉石さまがつけてくださったんです。ここで働かせてもらうことが決まったときにね。名を呼ばれるたびに暗い顔をするくらいなら、違う名をつけてやろうと」

「そういうことだったんですか」

「この顔のあざ、気味が悪いと言われるばかりなのに、まさか朝顔の花と言われるなんて。瑞之助さんは、おかしな人ですね」

朝助は笑い出した。声を立ててはならない決まりでもあるかのように、くしゃりとした顔とは裏腹に、静かな笑い方だった。

瑞之助は肩の力を抜いた。うっかりしたことを言ってしまったが、朝助を傷つけずに済んだようだ。

「この立派な朝顔は、朝助さんが世話をしているんですね」

「きれいでしょう。玉石さまに頼まれているんですよ。種が薬になるんだそうです」

「朝顔の種は毒と聞いたことがありますが」

「毒も、使い方によっては、薬になるそうですよ。まあ、手前にゃあ難しいことはちっともわかりやせん」

朝顔の話をして以来、朝助は瑞之助の前で顔を隠さなくなった。おかげで親しくなれたようにも思う。下男の役割の中でも、病者の前に出なければならない仕事は、瑞之助が引き受ける。その代わり、瑞之助の裏方仕事を朝助がやってくれる。

蛇杖院に住み込みの下働きは、瑞之助を含めて六人いる。男は、瑞之助と朝助だけだ。女中は、住み込みの四人に加え、通いでやって来る者も四人いる。

女中頭のおけいも厳しいが、瑞之助にとってもっと怖い相手は、巴という女中だ。瑞之助と同い年の二十一だと、朝助から聞いた。巴にじかに問うたときは、ぶん殴られた。

巴は力が強い。胸や尻には厚みがあり、女の割には肩や腕もがっしりしている。背丈も高く、瑞之助とほとんど変わらない。

瑞之助が手にまめをこしらえて運ぶ水桶を、巴は二つまとめてひょいひょいと運ぶ。米俵も軽々と担ぐし、自分では動けない病者を抱えるのもお手の物だ。

巴が得意とするのは、力仕事だけではない。炊事だろうが針仕事だろうが洗濯だろうが掃除だろうが、およそ女中がなすべき務めも手早くこなす。働き者で、女中たちからは慕われ、頼られている。

その巴は、瑞之助にだけ、やたらと当たりがきつい。

くっきりした眉とふくよかな唇を持つ巴の顔を、十人のうち七、八人は美人だと評するだろう。残る二、三人は、もっとかわいらしいほうが好みかな、と答えるだろう。

瑞之助は、巴を美人だと思っている。凜《りん》と背筋を伸ばしているのがすてきだとも思う。初めの頃は、見つめられてどぎまぎしたものだ。

だが、目が合うたびに睨《にら》まれる。そんなことが続くせいで、巴の姿を見るだけで、つい身構えてしまうようになった。

巴が言うことには、いつも理がある。睨まれるのは、瑞之助が不甲斐ないからだ。

「瑞之助さん、今すぐ治療部屋に行くよ。傷を縫わなけりゃならないけが人が運ばれてきたって！」

どん、と背中を叩かれて告げられることがある。蘭方医の登志蔵が治療を施すときに手伝いとして呼ばれるのは、いまだに慣れない。

瑞之助は、けが人の前では体が硬くなってしまう。血に慣れていない。爛《ただ》れた肌やできもの、目の病などに至っては、見るのも初めてだ。

毎度、恐ろしい思いをしている。だが、逃げるわけにはいかない。

「わ、わかりました。行きます」

おっかなびっくりの瑞之助に、巴は指を突きつけた。

「あんたが下働きに雇われたのは、男手がほしかったからだよ。力仕事をする人がね。血を見たくらいで震えて使い物にならないんじゃあ、あんたがここにいる意味はないの。わかるでしょ？」

「おっしゃるとおりです。すみません」

巴がけが人を扱うときのやり方は、ひどく荒っぽいように見える。初めのうち、瑞之助はぎょっとしてばかりだった。

だが、その実、筋を痛めないようにだとか、無理なほうに曲げないようにだとか、巴はあれこれわかった上でやっている。

治療の後、瑞之助は床に寝かされ、巴から直々に教えを受けた。

「肩をこっちにひねったら痛いでしょう。年寄りだったら筋を痛めるし、子供や女の人だったら肩が外れちまうから、こういう押さえ方はいけない。わかるよね？」

若い女にのしかかられて、体にさわられている。それだというのに、瑞之助はどぎまぎする間もなく、痛みのあまり悲鳴を上げた。

「や、やめてください、わかりましたから！」

「さっき、あんたが、けが人を相手にこういうことをしようとしたの。どれだけ危ないことか、体で覚えな」

「覚えました、もう覚えました！」

「血に怯《おび》えて腰が引けてるから、やっちゃいけないことをやっちまうのさ。あんた、覚えが早くて手先が器用なのを自慢に思ってるみたいだけど、肝心なことは一発で覚えないんだね。困ったもんだよ」

痛い痛いと訴え続けていると、見兼ねた様子で、桜丸が止めに入ってくれた。

「何をしているのですか。巴、あまり無理強いをするものではありませんよ」

巴は慌てて、瑞之助から飛び退《の》いた。

「いやだ、あたしったら。桜丸さま、お騒がせしちまってごめんなさい」

拝み屋の桜丸を前にすると、巴の頬はほんのりと色づく。ほかの女中たちもそうだ。急いで襟《えり》や裾を整えたり、こぼれた髪を撫でつけたりする。

女たちがそうしたくなる気持ちは、瑞之助にもわかる。

桜丸は人並み外れて美しい。歳は十七と聞いたが、線の細い出で立ちは、もう少し若くも見える。が、子供じみたところは一切ない。目尻にさっと紅《べに》を刷《は》くだけの化粧をした顔は、凄《すさ》まじいほどになまめかしい。

あでやかな色の着物をまとっているせいだろうか。桜丸がそこにいるだけで、大輪の花が咲いたように、素っ気ない治療部屋さえもたちまち華《はな》やぐ。

瑞之助は体を起こし、桜丸に詫びた。

「情けないところを見せてしまって、すみません。巴さんを責めないでください。私が仕事を覚えないのがいけないのです」

「あなたはよくやっていますよ、瑞之助。焦らずに励んでください。巴、あなたは働き者で、何でもできますが、誰もが同じようにできるわけではないのです。もう少し気長に構えなさい」

桜丸に諭され、巴はしおらしく、はいと答えた。

　確かに巴は手厳しい。が、巴が瑞之助に口うるさく言うことは、どれを取っても、やはり正しいのだ。

　掃除は毎日の仕事だ。瑞之助は丁寧にやっているつもりだが、どうしても足りないところが出てしまう。あちらを立てればこちらが立たずといった具合で、隅々まで目が届かない。おかげで、いつも巴に叱《しか》られる。

「治療をするための場は、きれいにしてなきゃならないの。それがいちばん大事。桜丸さまの言葉を使うなら、穢れがあっちゃいけないってこと。掃除は決して手を抜かないで」

「はい。すみません」

「塵《ちり》や埃《ほこり》が病者の喉に入ったらまずいでしょう。あんたもわかるよね？」

　瑞之助が思うに、掃除は剣術よりも難しい。型稽古もないのに、どうやって技を覚えればよいというのか。立ち合い稽古と違って、勝った負けたと、はっきりするわけでもない。けれども、出来の良し悪しには明らかな違いがある。

　雑巾《ぞうきん》がけひとつをとっても、いまだに瑞之助はうまくない。巴のほうが手早いし、拭き終わった後がきれいだ。

　どういう体の使い方をしているのか、技を盗もうと考えてみたことがある。しかし、巴があちらを向いているときには肉づきのよい尻が、こちらを向いているときにはゆさゆさ揺れる乳が目に入ってきてしまう。瑞之助は気まずくなって顔を背ける。

そうやって瑞之助が勝手にうろたえるのが、巴の気に障《さわ》るらしい。

「手本をやってみせてるときに、どうしてこっちを見ないの！」

掃除を始め、畑の水やりに草取り、風呂焚き、飯炊きと、ありとあらゆる仕事でひととおり叱られた。

こんなにも出来が悪いのは、生まれて初めてだ。

「私は本当に医者になれるのだろうか……」

時折、瑞之助は不安に駆られる。

二

瑞之助が蛇杖院に住み着いて、三月《みつき》余りが過ぎた。

文政四年の七月である。暦《こよみ》の上では秋に入ったところだが、まだ暑さは残っている。

ある日の昼下がりのことだ。

湿った風が吹いてきたかと思うと、たちまち空が暗くなった。

「雨が降るんだろうか」

北の棟の掃除をしていた瑞之助は、手を止めて空を仰いだ。巴が、はっとして立ち上がった。

「いやだ、今日は降らないと思ったのに。洗濯物も薬種も、思いっ切り広げて干してあるんだよ。急いで取り込まなきゃ。ほら、あんたもぼーっとしていないで、一緒に来な！」

巴は駆け出しながら、中腰になった瑞之助の尻をはたいた。ばちんと、高らかに小気味のよい音がした。

瑞之助は尻をさすりつつ、急いで巴の後に続いた。

たちまちのうちに通り雨が降り出した。ごろごろと遠くの空で雷が鳴っている。冷たく湿った突風が吹き荒れた。

ちょうど病者の訪れもなく、手が空《す》いているときだったからよかった。瑞之助たちは、うたた寝をしていた真樹次郎の手まで借りて、洗濯物や薬種を取り込んだ。

洗濯物を畳むのは、女中たちの仕事だ。朝助は手伝い慣れているからよいが、瑞之助がいてはかえって邪魔だと、追い払われてしまった。薬種を薬簞笥に収めたり薬研《やげん》ですり潰したりするのは、真樹次郎が自分でやりたいらしい。瑞之助は手伝いを申し出たが、断られた。

何をやるにも、瑞之助は相変わらず半人前である。通いの女中の中には、まだほんの子供もいるのだが、瑞之助よりも立派に働いている。

瑞之助は手持ち無沙汰になった。やりかけの掃除に戻るべきだろうか。湿気を吸って滑りが悪くなった襖を開け、瑞之助は空を見やった。

外はざんざん降りの雨だ。時折、空が不穏《ふおん》に光る。遠くで雷が唸《うな》るのが、風に乗って聞こえてくる。

何気なく庭のほうへ視線を向けて、瑞之助は立ち尽くした。

紗《しゃ》の幕を下ろしたかのように霞《かす》んで見える庭に、白い人影が立っている。黒髪を背に流し、白い着物をまとった、ほっそりとした人影である。

襖を開けて四角に切り取った景色が、まるで絵のようだった。

庭にいるのは、桜丸だ。

桜丸は、潤んだ景色の真ん中で、細い両腕を天へと差し伸べた。若木だ、と瑞之助は思った。生き生きと枝葉を茂らせる若木だ。
襦袢《じゆばん》一枚の姿の桜丸は、くるりと身を翻《ひるがえ》した。舞を舞っているのだ。繊手《せんしゆ》を
ひらひらとさせて、裸足で土を踏み、軽やかに跳ぶ。
雨音の中から、桜丸の歌声が聞こえてきた。風変わりな節回しで、詞はよくわ
からない。だが、不思議と胸に迫る響きだ。
畳を踏む足音がして、瑞之助は振り向いた。
真樹次郎がちょうど通りがかったのだ。油紙に包んだ薬種を抱えている。
「拝み屋だけあって、少しおかしなやつだろう、桜丸は。たまにあんなふうにな
る。雨に呼ばれたり、風に呼ばれたりするんだそうだ」
「姿かたちのないものに呼ばれるのですか」
「ああ。しばらくしたら、こちら側に戻ってくる。桜丸があんなふうになってい
るときは、声を掛けても無駄だぞ。人の言葉を解さなくなっているからな」
「何か歌っているようですが」
「雨だか風だかが歌っているから、それに応えているらしい。人ではないものの
言葉の操り方は、正気に戻ったときの桜丸にもわからないそうだ。心配するな。
たまにあんなふうになったとしても、おまえに害などないだろう?」

「ええ。それに、とても美しい姿ですね。男とも女ともつかないどころか、人とも思えないくらいの……」

真樹次郎は、瑞之助の背中をぽんと叩いた。

「半刻もすれば雨がやんで、桜丸も戻ってくる。今日の雨は冷たいな。こんな中にいてはすっかり体が冷えてしまうだろうから、急いで風呂を沸かしておいてくれ」

「すみません、私はまだ火を使う仕事は任されていなくて」

「そうなのか。すぐに朝助を行かせるから、横で見ていろ。寒い季節が来る前に、火おこしや炭団《たどん》の扱いも、ひととおり身につけておくほうがいいだろう。冬は何だかんだで手が足りなくなるからな」

真樹次郎はひらりと手を振って、行ってしまった。

瑞之助は風呂場へ向かう前に、もう一度、雨の中で軽やかに舞う桜丸を見た。

桜丸は歌いながら笑みを浮かべ、舞い踊っている。すぐ近くにいるというのに、桜丸には瑞之助の姿が見えていないようだった。

「あなたの目には、この通り雨がどんなふうに映っているのでしょうか。さぞかし美しいのでしょうね。あなたがそんなにも、とろけるような笑顔を見せるのだから」

瑞之助はそっとつぶやいて、襖を閉めた。

桜丸のことを、瑞之助は初め、女だと勘違いしていた。ダンホウかぜの熱でうなされていた頃のことだ。

白魚《しらうお》のような手とはこのことか、と夢うつつに思ったことを覚えている。ひんやりとしたその手が瑞之助の目元を覆うと、心地よい眠りが訪れた。

ひどい汗をかくたびに、桜丸が真っ先に気づいてくれた。働き者で美しい人だと、病に弱った瑞之助は、憧れに似た想いを抱いていた。

素っ気ない華陀着をまとい、髪も顔も布で覆っていてさえ、桜丸の美しさは際立っていた。瑞之助の具合が快復してくると、普段の姿の桜丸を目撃することになったが、輪をかけて美しかった。

その実、桜丸は男だ。齢十七の、小柄で色白で美しい男である。それをはっきりと知ったのは、風呂で鉢合わせしたからだった。

蛇杖院には鉄砲風呂が備えてあって、桜丸は必ずこれを使う。湯屋には決して行かない。

そのときの瑞之助は病み上がりで、湯屋に行くには力が出なかった。それで蛇杖院の風呂を使うことになったのだが、その湯殿で、先に入っていた桜丸と鉢合わせになったのだ。

薄々気づいてはいたが、この人は本当に男だったのだな、と瑞之助は思った。口には出さなかった。顔にも出したくはなかったが、ごまかせなかったようだ。

桜丸は、今までになく冷たい目をした。

「何ですか、人の裸をじろじろと見るなんて。男の体がそんなにお好きですか？」

「いえ、そういうわけではなく……」

つい見惚《みと》れてしまった。風呂上がりの桜丸は、その名のとおり桜色に肌を火照《ほて》らせており、男だろうと女だろうとかかわりなく、ただただ美しかった。

「では、女のような着物を好む男が珍しいのでしょうか。あなたは正直すぎますよ。顔にすべて書いてあります。訊きたいことがあるのでしたら、まごまごせずにお訊きなさい」

儚《はかな》げな姿で、声もまた柔らかい。しかし、その声に命じられると、否と拒む術などどこにもなかった。瑞之助は背筋を伸ばした。

「私が今まで知り合ってきた人の中で、桜丸さんのような格好をしている男がいないもので、いささか驚いて、礼を失してしまいました。でも、あの、女のようだと言われませんか」

桜丸は笑った。どこか勝気な感じがのぞいた。

「あい、言われますとも。女よりも美しいと。それが何か?」

「いえ……あの、あなたは、美しい人ですね」

瑞之助はそう言いながら、赤面するのが自分でわかった。桜丸は、華やかな声を立てて笑った。

「わたくしは、己に似合う装いをしているだけですよ。美しくあることは心地ようございますから」

桜丸は、それから、瑞之助のために風呂の湯加減を整えてくれた。病者の体の世話には慣れているらしい。手際よく瑞之助の背中を流し、髭まで剃ってくれた。


通り雨が降った次の日は、すっきりと晴れて風が涼しかった。

真夏のような日があるかと思えば、急に秋めいたりもする。こういうときは、ぐずぐずと体を壊してしまう者が多い。

朝から病者の世話に追われている真樹次郎は、遅めの昼餉《ひるげ》にありついたときにはぐったり疲れた顔をしていた。

「ゆうべは急に冷えたから、口を開けて眠る癖がある者は喉をやられているし、腹を出して寝ていた者は腹が痛むと言う。季節の変わり目には気をつけておけと、俺が毎度言っているのに」

「毎度、来てくれる人がいるんですね。真樹次郎さんの言葉を聞くと安心できるんじゃないでしょうか」

瑞之助が言うと、真樹次郎はげんなりした。

「俺をあまり買いかぶるな。俺は、人に好かれる医者なんかじゃない」

「なぜそうひねくれたことを言うのですか。真樹次郎さんは名医ですよ」

真樹次郎は答えず、ため息をついて話を変えた。

「ところで、烏丸屋の小僧はもう帰ったよな？」

「はい。入り用のものがありましたか？」

蛇杖院には、日に一度、玉石の実家である日本橋瀬戸物町の烏丸屋から、御用聞きの小僧がやって来る。烏丸屋が商う唐物に限らず、薬種でも医術道具でも、襤褸《ぼろ》や反故《ほご》紙でも、言えば何でも届けてもらえるのだ。

真樹次郎は眉間を指でつまんで揉みほぐした。

「しくじった。甘草《かんぞう》が足りなくなってきた。昨日の雨でいくらかやられたせいもあって、使い切ってしまいそうだ」

「甘草ですか。多くの薬に配される薬種ですよね」

「ああ。甘草を使わない薬のほうが珍しいくらいだ。甘草は、寒邪《かんじゃ》や熱邪《ねつじゃ》を除く薬効を持つほか、ほかの薬種の効《き》きを調和する役割も果たす。瑞之助、ちょっと頼めるか？　烏丸屋までひとっ走りして、甘草をもらってきてくれ」

何気なく切り出された用件に、瑞之助は思わず、えっ、と声を詰まらせた。

「私が一人で、ですか？」

「ほかに手が空いている者はいないだろう？　案ずるな。俺が手紙を書いて言《こと》づけるから、難しいことはない」

「いえ、そうではなくて。私が一人で出歩くことを許してもらえるのですか？」

真樹次郎は眉間に皺を寄せて瑞之助を見やり、ああ、と合点した。

「瑞之助は旗本のお坊ちゃんだったな。どこに行くにも、供回りの者が付きまとっていたのか」

「付きまとっていたといいますか……それがあの者たちの役目ですから。母がついてくることも多く、そうでなければ駕籠を呼ばれていました。でも、今日は、私ひとりで外に出ていいのですね？」

つい声が弾むのを、瑞之助は抑え切れなかった。

真樹次郎はうなずくと、袂《たもと》から矢立《やだて》と紙を取り出した。

「湯屋に行くのも必ず俺を待っているのは、一人で行っちゃいけないと思っていたからか？　そんなんじゃあ、息が詰まるぞ」

「そうですよね。私は、一人で出歩いてもいいんですよね」

真樹次郎はばつの悪そうな顔をした。

「下働きとはいえ、おまえにこんな仕事をさせるのは気が引けるな。字もろくに読めん小僧にやらせるような仕事だ」

「かまいません。私は、薬についてはまだ何も知らないようなものですから、自分の名しか読み書きできない小僧さんと、さほど変わりませんよ」

「まじめなのはいいが、思い詰めるなよ。何でもかんでも真《ま》に受けるんじゃない。その総髪《そうはつ》頭を見て、医者か学者かと問われることがあれば、適当にお茶を濁しておけ。相手が役人のときは、正直に身元を言わなけりゃ仕方ないが」

真樹次郎はさらさらと紙に筆を走らせた。出来上がった書付を、瑞之助は懐《ふところ》に収めた。

「できるだけ急いで戻ってきます」

真樹次郎は、ぽんと瑞之助の背中を叩いた。眉間に皺を寄せた顔は不機嫌そうに見えるが、違う。真樹次郎は少し目が近いので、相手の顔をよく見ようとするときには、しかめっ面になりがちなのだ。

「気をつけて行ってこい。日傘、差していけよ」

烏丸屋の小僧を送り出すときよりもずっと慎重な様子で、真樹次郎は瑞之助を見送った。


江戸より北東の小梅村にある蛇杖院に住み着いてからというもの、大川《おおかわ》よりも西に行くことはなかった。南は本所の南割下水《みなみわりげすい》までだ。あのあたりの湯屋に、真樹次郎と二人で足を延ばしたことがある。

日本橋に行くには、まずは本所を南へ突っ切る。それから、南割下水に沿って西へ向かい、両国橋《りょうごくばし》を目指す。両国橋のあたりは人出が多くてにぎわっているはずだから、不案内な瑞之助でも迷うことはない。

両国橋を渡って大川の西岸に着いたら、両国広小路《ひろこうじ》を抜けて、旅籠が建ち並ぶ馬喰町《ばくろちょう》の通りをまっすぐ南西へ進む。竜閑川《りゅうかんがわ》に架かる土橋を渡って少し行くと、大店が軒を連ねる界隈《かいわい》だ。

大伝馬町《おおてんまちょう》から本町《ほんちょう》、雲母橋《きらずばし》を渡って瀬戸物町に至るまでの図は、真樹次郎がさっと描いてくれた。稲荷や橋の位置、まわりの店の名を頼りにすれば、烏丸屋にたどり着けるはずだ。

瑞之助は地に足が着かないような気持ちで歩いていった。

いくらか涼しくなってきた頃おいとはいえ、晴れた昼下がりに体を動かせば汗が噴き出る。

月代を剃らなくなったから、汗と熱が髪の間にわだかまっている。蒸し暑いが、一方で、夏の日差しの下でも頭が痛くならないのはよい。月代のあたりは肌が弱いのか、ちょっと日焼けして赤くなるだけで、瑞之助は頭痛を起こしていた。

あの頭痛について、長山家の者に話したことはなかった。大げさに心配され、かえって厄介《やっかい》なことになると思ったからだ。

つい先日、真樹次郎には打ち明けた。真樹次郎は、病み上がりにいきなり暮らしぶりが変わった瑞之助の体を慮《おもんぱか》り、具合はどうか、無理をしてはいないかと、よく尋ねてくれるのだ。

日に当たった後の頭痛の話をしたら、真樹次郎は顔をしかめた。

「暑熱に中《あた》るのを甘く見ないほうがいいぞ。また日に当たって頭痛が起きたら、水をたっぷり飲んで日陰で休め。俺がいるときは、俺を呼ぶんだ。いいな?」

わかりました、と瑞之助は答えた。母とは心配の仕方が違うが、真樹次郎もいささか気が細かいところがある。

それとも、本当は真樹次郎のようにいろんなことに気を配るのがいいのだろうか。瑞之助は、医書の素読を少しずつ進めている。しかし、書物に記された論が自分の体の中を説くものだという手応えは、いまだない。

真樹次郎に借りた日傘は、薬礼代わりに贈られたものらしい。白地に墨色の濃淡で、険しい山並みが描かれている。凜として涼やかなのが、真樹次郎に似合いの日傘だ。

烏丸屋には難なくたどり着いた。真樹次郎の手紙を店先の手代に渡すと、心得たもので、入り用の品をすぐに揃《そろ》えて持たせてくれた。

瑞之助は、店に並ぶ珍品の数々に目を奪われつつ、烏丸屋を辞した。

日本橋は、思い描いていたよりずっと人通りが多かった。日傘を差そうとしたところ、急ぎ足の商人《あきんど》らしき男とぶつかりかけて、慌てて後ずさった。

「気をつけな！　危ねえだろうが！」

勢いよく啖呵《たんか》を切られ、瑞之助はとっさに肩を縮めた。

「すみません」

往来で男に怒鳴られたことなど、今までの人生で一度もない。蛇杖院では、おけいや巴に叱られてばかりだが、働き者の二人が声を荒らげるわけは瑞之助にもわかっている。

瑞之助に怒声を浴びせた男は、不機嫌そうに唾《つば》を吐き、荒々しい急ぎ足で去っていった。また別の誰かにぶつかりかけては、気をつけろと怒鳴っている。

烏丸屋の手代が、瑞之助に声を掛けた。

「あの御仁、虫の居所が悪かったようですね。いちいち気にしなくても、かまいやしませんよ」

驚きのあまり体を強張《こわば》らせていた瑞之助は、ほっと息を吐いた。

「誰しも、虫の居所が悪いときはありますよね」

手代は声をひそめた。

「こんなことを言っちゃあいけないかもしれませんが、儒者髷で唐物屋に出入りするなんてうさんくさい、と思う人も世の中にはいるんです。烏丸屋に蛇杖院とくれば、なおさらです。用心してください。意地の悪いことをされるかもしれません」

「意地の悪いこと、ですか？　それはどういう意味です？」

瑞之助は問うたが、手代は番頭に呼ばれ、慌てて店に引っ込んでいった。取り残された瑞之助は、気持ちがすっかり沈んでしまった。

旗本らしい格好をしていれば、たとえ供回りをつけずに歩いていても、人に怒鳴られることはなかっただろう。唐物屋をのぞいたところで、うさんくさいと指を差されることも、きっとあるまい。

瑞之助はのろのろと歩き出した。が、いくらも行かないうちに足を止め、振り向いた。追いすがってくる気配を感じたのだ。

追ってきた男は、着流し姿の侍だった。まなじりが切れ上がった、鋭い目をしている。

瑞之助は、我知らず身構えていた。得物《えもの》は日傘だ。刀の柄よりも細い日傘の柄を、剣術の手の内で握った。

男は瑞之助の手元を一瞥《いちべつ》し、にやりと笑った。

「見かけによらず、喧嘩っ早いな。とっさに体が動くとは、それなりに剣が使えるわけだ。結構、結構」

瑞之助は、はっとして肩の力を抜き、日傘の柄を持ち直した。

「失礼いたしました」

男の年頃は三十かそこらだろう。何気なく立っているだけのようでいて、一分の隙もない。

「なに、あんたの勘は間違っちゃいない。俺はあんたを訝《いぶか》しんで、睨みつけていたんだからな。殺気を感じて身構えるのも道理だ」

瑞之助は眉をひそめた。

男から少し下がったところに、町人姿の付き人がいる。嫌な感じがして周囲に目を走らせると、向こうっ気の強そうな若者が三人ほど、じっとこちらの様子をうかがっている。

まったく見知らぬ者たちだ。が、素性がわからないわけではなかった。

鋭い目をした男は、大小の刀と共に、十手《じって》を帯に差している。定町廻《じょうまちまわ》り同心だ。暑さのためか、黒巻羽織をまとってはいない。付き人のような中年男は目明かし、少し離れたところからこちらを睨む若者たちは下っ引きだろう。

瑞之助が言葉を探していると、定町廻り同心のほうが口を開いた。

「あんた、蛇杖院の医者の新入りだな？」

「……いえ、医者見習いと下働きをしております」

「そうか。俺は北町奉行所の大沢《おおさわ》という。見てのとおり、定町廻り同心だ。先ほど烏丸屋で受け取った荷を改めさせろ」

「医者に頼まれた薬種です。甘草と、喉の薬に使う飴《あめ》を包んでもらっただけですが」

大沢が顎《あご》をしゃくると、目明かしが進み出て瑞之助の荷を改めた。目明かしは、ねっとりと絡みつくような視線を瑞之助に投げ掛け、大沢のもとに戻った。

「おかしな荷じゃあ、ありやせん」

聞こえよがしに告げるので、瑞之助もむっとした。

「ちゃんとした薬種です。私は何の罪を疑われているのですか？」

大沢はにやにやと笑っている。

「この江戸の町じゅうで、蛇杖院の医者は、およそ医者がなし得るありとあらゆる罪を疑われているぞ。蛇杖院に運び込まれた病者は、薬と称した毒を飲まされるとか、生きたまま腹を裂かれて腑分けをされるとかな」

いつの間にか人だかりができている。物見高い人々が、瑞之助と大沢の様子をうかがっているのだ。張りのある大沢の声を聞き、震え上がるそぶりなどしてみせる者もいる。それを見て、冷やかしの笑いが起こる。

ひそひそとささやき交わす声が、瑞之助の耳に聞こえてきた。

「蛇杖院なんてさ、まともな医者なんかいないって話じゃないか」

「唐物屋の大年増《おおどしま》が、湯水のように金を使って、一体何をやっているのやら」

「拝み屋のきれいな男の子がいただろう？　あの子も閉じ込められたままさ」

「担ぎ込まれた病人は出てこられないんだって。気味が悪いね」

「貧乏人なら、金を払わなくてもいいというけれど」

「ただより高いものはないよ。命あっての物種さ。くわばらくわばら」

瑞之助は、血の気が引いた。

大沢が笑いながら近寄ってくるのを、瑞之助はただ見ていた。大沢はすれ違いざま、瑞之助の肩に手を乗せ、ひっそりと告げた。

「わかっただろう？　蛇杖院を巡っては、悪い話が尽きない。俺はあんたらを見張っている。今日のところは見逃すが、振る舞いにはせいぜい気をつけろよ」

大沢は目明かしを引き連れ、去っていった。人だかりが崩れ、皆それぞれのほうへと歩きだす。

瑞之助は肩で息をした。我知らず、体に力が入っていた。人に悪感情を向けられるというのは、何と居たたまれないことだろう。

日本橋は人通りが途絶えない。その誰もが敵であるかのように思えた。こんなときにどう振る舞えばよいのか、瑞之助にはまるでわからなかった。

三

真樹次郎のお使いをした日は、何をやってもうまくいかなかった。真樹次郎から、出先で何かあったのかと訊かれたが、どう答えてよいかわからず、瑞之助は黙ってしまった。

一晩寝ると、気が晴れた。瑞之助が日本橋界隈に出掛けることなど、めったにない。あんな目に遭うのも、きっとあれっきりだ。そう思うことにした。

日々の仕事は忙しいのだ。くよくよしてばかりもいられない。

さすがに近頃は、おけいや巴に叱り飛ばされることも、朝助の手をわずらわせることも減ってきた。

仲良しもできた。業平橋と吾妻橋《あづまばし》を渡った向こう側、浅草《あさくさ》のほうから手伝いのために通ってくる、十二と六つの姉妹だ。姉はおふう、妹はおうたという。

おふうはしっかり者で、よく働く。花が好きで、薬草の世話が得意だ。おうたはさすがに幼すぎて、働き手としては頼りない。でも、おうたが笑っていれば、まわりがぱっと明るくなる。

姉妹に父はおらず、母は肺の病である労咳《ろうがい》を患っている。薬礼が満足に払えない代わりに、姉妹が蛇杖院で働いているのだ。

瑞之助がダンホウかぜで倒れていたとき、おふうとおうたも、熱心に世話をしてくれた。二人とも、顔や頭を布で覆っていたが、ごく幼いおうたの姿だけは見間違いようがなかった。

床を上げた後、瑞之助はおうたを見つけ、ひざまずいてお礼を言った。

「たくさん世話を焼いてくれて、どうもありがとう。おかげで、私はこうして生きているよ」

そのときの瑞之助の姿が、おうたの心に響いたらしい。初めはいくらか照れていたが、おうたはいつしか、瑞之助の後ろばかりついて回るようになった。

「妹が迷惑をかけてごめんなさい」

おふうは姉らしい顔をして謝る。が、瑞之助は、おうたがかわいくてたまらない。

「兄の息子がちょうどおうたちゃんと同じくらいだけど、おうたちゃんのほうがかわいいな。甥っ子もかわいかったけれど、こう、やっぱりちょっと違うね」

おうたは、瑞之助が頭を撫でてやると、くすぐったそうに笑う。

おふうとしては、瑞之助がおうたを甘やかしているようにしか見えないそうだ。瑞之助とおうたと、二人まとめて、もっとしっかりしなさいと叱られることもある。瑞之助とおうたは首をすくめ、顔を見合わせて、そっと笑い合う。

こういうことも、甥っ子との間にはなかった。

瑞之助は、兄に対して遠慮している。それが甥っ子にも伝わるらしく、同じ屋敷で暮らしていながら、どことなくぎくしゃくしていた。

蛇杖院に住み着いて以来、瑞之助は長山家の屋敷に帰っていない。当主である兄と、長山家でいちばん力のある母には、手紙を出して詫びた。

「私は医者になる道を選びました。医術の修業の妨げになるゆえ、屋敷には帰れません。息災にしておりますので、どうぞご心配なさらないでください」

しかし、兄も母も、瑞之助の選んだ道を認めていない。母など、三日にあげず、戻ってこいという手紙を瑞之助に寄越している。

母の手紙には、切々とした文言が並んでいる。いくら瑞之助のかぜが治らないからと、蛇杖院などを頼るべきではなかった、あのときは藁《わら》にもすがる思いだったのだ、どうか屋敷に戻ってきてほしい、と。

しかし、屋敷に戻ったところで、どうなるというのだ。学問と剣術と、歌と書と絵と、箏《こと》と三味線と唄と、非の打ち所のない礼儀作法を身につけるべく、代わり映えのしない日々を送るだけ。

瑞之助は人より早くものを覚え、すぐに何でもできるようになる。だが、突き抜けた才もなければ、何をやっても楽しさを感じたことがない。それは何も持たず、何もできないのと同じだ。

やりたいことをようやく見つけたのだと、母に何度、書いて送っただろうか。だが、それがきちんと母に伝わったようには思えない。母は相変わらず、蛇杖院の悪い噂ばかりを手紙に書いて知らせてくる。

二十一にもなって、こんなにも母に縛られ続けるとは、部屋住みの次男坊は何と窮屈《きゅうくつ》なものだろうか。

幼いおうたはともかく、おふうのほうは、瑞之助が家のことでもやもやしているのを察している。蛇杖院に長山家からの手紙が届くたびに、瑞之助のところまで持ってきてくれるのは、おふうだからだ。

「瑞之助さんのおっかさんは、きっと瑞之助さんのことが心配でたまらないんですね。毎日のように手紙をくださるなんて」

「そうだね」

「おっかさんのところに帰らないんですか？」

「今はまだ帰りたくないな」

「お侍さんの家は難しいのね。瑞之助さん、あまり悩みすぎないでくださいね」

「ありがとう。気を遣わせてしまって、すまないね」

そんなやり取りをしたのも、つい先日のことだ。

だから、突然の来客があったとき、おふうは血相を変えて瑞之助のところに飛んできた。

「瑞之助さん、大変！　大変です！」

ちょうどそのとき、瑞之助は、畑の草取りをしていた。今日は夏の名残を惜しむかのように日差しが強い。日よけの笠をかぶって、土と草の湿った匂いを胸に吸い込んだところだった。

「大変って、どうしたんだい？　何があったの」

姉のおふうにくっついて回っていたおうたが、おふうの代わりに、舌っ足らずに答えた。

「瑞之助さんにお客さん。駕籠が来たよ。瑞之助さんにも姉さんがいるのね。うたと同じね」

思いがけないことだった。瑞之助は、素《す》っ頓狂《とんきょう》な声を上げてしまった。

「姉さん？　姉上だって？」

母が差し向けた、いわば間者《かんじゃ》である。いや、刺客《しかく》と呼んでもいいかもしれない、と瑞之助は思った。

長山家の長女、和恵《かずえ》は、瑞之助より一回り年上の姉だ。十四年前、瑞之助が七つの頃に、長山家と同じ両番筋の相馬《そうま》家に嫁《か》した。

同じ屋敷で暮らしたのは短い間だったが、あるいは逆にそのためか、和恵は何くれと瑞之助のことを気に掛けてくれた。瑞之助は、十の頃に亡くなった父より、いついかなるときも厳しい母より、九つ上の兄より、姉のことが好きだった。

おうたに手を引かれ、瑞之助は慌てて門前に赴いた。

優雅な仕草で駕籠を降りた和恵が、にっこりと微笑んだ。

「元気そうですね、瑞之助」

「姉上、なぜここへ」

もう一つの駕籠から、和恵の娘の喜美《きみ》が飛び出してきた。

「瑞之助さま、どうして麹町《こうじまち》のお屋敷に戻ってこないの？　喜美は会いたくてたまらなかったのに！」

こら、と和恵が咎《とが》める隙もない。喜美は瑞之助に抱きついた。

姪《めい》の喜美は十で、旗本の娘らしからぬおてんばだ。瑞之助を叔父上と呼ぶことはない。まだ年が若くて格好がいいから、などと生意気なことを言って、瑞之助さまと呼ぶ。十一も離れていれば十分におじさんに見えるだろうに、背伸びをしたがるのだ。

おうたは目を真ん丸にして、喜美を見た。おうたの姉のおふうは、客の案内も慣れたものだ。和恵を館に通しながら、駕籠を待たせておくか後でまた呼ぶかと確かめている。

喜美は瑞之助の手を取って、違うほうの手を握っているおうたに鋭い視線を投げた。

「瑞之助さま、その子は誰？　なぜ親しそうにしているの？」

「おうたちゃんは、私が寝込んでいるときに、いろいろお世話をしてくれたんだよ」

ねえ、と顔をのぞき込んでやると、おうたははにかんだ笑みを見せた。

喜美は膨《ふく》れた。

「そんなに小さな子供に、瑞之助さまのお世話ができるはずないわ。おだててあげているだけでしょう？」

「おうたちゃんは、ちゃんと働いてくれたよ。おふう姉さんと一緒に、日に三度、お薬を持ってきてくれたよね」

瑞之助は苦笑しながら、おうたの肩を持った。喜美はますます膨れた。

「何よ、もう。瑞之助さまったら、髪がぼさぼさで変よ。喜美はそういうの嫌い。ちっとも似合ってないんだもの」

喜美は、つんとそっぽを向き、瑞之助の手を振り払った。

おふうは瑞之助に告げた。

「お客さまに立ち話をさせてはいけません。今日は暑いから、日差しを浴びすぎるのもよくないですし。ひとまず、待合部屋に入っていただきましょう」

「ありがとう、おふうちゃん。私は気がつかないから、頼りなくてすまない」

「瑞之助さんは掃除や畑仕事が多いから、表のことをまだよく知らないだけでしょう？　あたしは慣れてるんです。ここはあたしに任せてください。さ、お姉さんたちを中に案内してあげてください」

おふうはきびきびと、瑞之助に指図した。喜美が目を丸くして、おふうを見ていた。


蛇杖院の館は、四合院《しごういん》という形で建てられている。唐土に古くから伝わる屋敷の形だ。四つの棟で口の字に囲い、中庭がある。

門は南に面しており、入ってすぐの南の棟には玄関と待合部屋がある。その奥が診療部屋になっている。

東の棟と北の棟は、病者が寝泊まりするための場だ。北の棟には、蘭方の手術をするための部屋もある。

西の棟は、薬庫と書庫と玉石の居室があるそうだ。瑞之助はまだ許しが出ず、足を踏み入れたことがない。

南の棟の待合部屋に和恵を通すと、おふうとおうたは玉石を呼びに行った。

瑞之助は、姉と姪と向かい合った。和恵は、顔つきばかりはやんわりとしたまま、単刀直入な言葉で告げた。

「長山の家から再三、相談を受けています。瑞之助が帰ってこない、それどころか顔さえ出さない、手紙もめったに寄越さないと。母上がたいそうお嘆《なげ》きですよ。瑞之助は一体、ここで何をしているのですか」

和恵が怒ったところを、瑞之助は見たことがない。幼い頃、瑞之助が聞き分けのないことをしでかしたときは、おっとりとした語り口で、時をかけて諭されたものだ。

今の姉は、そのときと同じ顔、同じ声音だ。瑞之助は気まずさを覚えながら、ぐっと拳を握った。

「母上から聞いていませんか？　私は医者になるために、この蛇杖院で修業すると決めたのです」

「聞きましたよ。だからこそ心配しているの」

「蛇杖院の評判が芳《かんば》しくないからですか」

和恵はそれに答えず、話を変えた。

「あなたらしくありませんね。母上を心配させるなんて。母上は困り果てて、わたくしに瑞之助の顔を見てくるようにとおっしゃったの」

「姉上のお手間を取らせて申し訳ありません」

「そう硬い顔をしないでちょうだいな。母上は、ここでの暮らしがあなたの身と心を削っているのではないかと、心配しておいでです。あなた、人と打ち解けるのがうまくないでしょう。友と呼べる相手もいない。本当に大丈夫なのですか？」

和恵に突きつけられたのは、紛《まぎ》れもない真実だ。

瑞之助には友がいない。かつてはいた。瑞之助は愚《おろ》かで、いつも隣にいてくれる友を傷つけていることにも気づけなかった。

「ねえ、瑞之助。一度、長山のお屋敷に戻ってきてくれませんか。母上とお話ししてちょうだいな」

「できません」

「それはなぜかしら」

「屋敷に戻ったら、母上は私を閉じ込めて、外に出られないようにするでしょう。兄上も、母上がすることには逆らいません。私は蛇杖院に帰れなくなります」

和恵は、なだめるように笑った。

「そんな大げさな」

「大げさではありません。部屋住みの次男坊が家にとって都合の悪いことをすれば、屋敷の中に閉じ込めて、外から隠してしまうものでしょう？　坂本《さかもと》家の陣平《じんぺい》さんは、二年前からずっとそうやって、屋敷から出てこなくなりました」

坂本陣平というのが、瑞之助のかつての友の名だ。同い年の幼馴染みで、家が両番筋の旗本であるのも、自身が部屋住みであるのも同じだった。

同じ剣術道場に通っていた中で、陣平だけが瑞之助の友であり続けてくれた。瑞之助は、年頃の近い子供たちから妬《ねた》まれていたのだ。

瑞之助が何でもできすぎるせいだった。剣術でも学問でも、瑞之助はあっという間に上達し、まわりを置き去りにしてしまう。師匠が誉めるのは、瑞之助ばかりだった。

陣平だって、瑞之助と比べられるのは、本当はおもしろくなかっただろう。それでも、陣平は瑞之助を放っておいたりなどしなかった。いつも明るい顔で接してくれた。瑞之助は、自分でも気がつかないまま、陣平の優しさに甘えていた。

十七の頃、陣平がいきなりぐれた。悪所《あくしょ》通いをするようになったのだ。陣平はたちまちのうちに、麴町界隈でも有名な放蕩《ほうとう》息子になってしまった。

陣平の人相がどんどん悪くなっていくのを、瑞之助は止められなかった。陣平に言葉を掛けても少しも響かないらしい、と一度知ってしまうと、二度目からは本気で話をする決心がつかなかった。

嫌がられても無茶でも強引でも、とにかく引き留めておけばよかったと、後になって悔《く》いた。

二年前、陣平はやくざ者の喧嘩に巻き込まれ、大けがをした。命からがらで坂本家の屋敷に運び込まれて以来、陣平の姿を外で見掛けることはなくなった。瑞之助は一度だけ見舞いに行ったが、会うのを断られた。陣平とは、それっきりになっている。

長山家にとっても相馬家にとっても、近所で起こった出来事だ。和恵が陣平の件を知らないはずもない。

現に、瑞之助が人と打ち解けるのを不得手とすることを、和恵はきちんと認めている。瑞之助は、陣平とのことがあったから、人の心の間合いの内に踏み込むやり方が、まったくわからなくなってしまった。

　ふと、足音が近づいてくるのに気づいた。

　姿を見せたのは、玉石ではなかった。真樹次郎である。お茶を持ったおふうを伴っている。

　和恵は折り目正しく、真樹次郎に頭を下げた。

「弟がお世話になっております。姉の和恵と申します。こちらはわたくしの娘の喜美でございます」

　真樹次郎は面倒そうに手を振った。

「堅苦しいことはよしてくれ。蛇杖院の主は今、薬庫にいて手が離せない。ゆえに、俺が代わりに出ることになった」

　瑞之助は急いで口を挟んだ。

「薬庫は、私もまだ入ってはいけないと言われているんです。扱いを誤ると大変なことになる薬もたくさんありますから。蛇杖院の主が客人をないがしろにしているとか、そういうことではないんです」

　和恵は苦笑した。

「存じていますよ。主さまの代わりにいらしたのは、お医者さまですか？」

「こちらのかたは堀川真樹次郎さんといって、漢方医です。私の命の恩人で、私の師匠でもあります」

「まあ、命の恩人ですか」

和恵がまた丁寧に頭を下げようとしたのを、真樹次郎はさえぎった。

「弟御が病に打ち勝ったのは、弟御自身の生きる力が強かったからだ。俺はその手助けをしたに過ぎん」

「さようですか。あなたは、医者の役目について、そんなふうに考えておられるのですね」

おふうの持ってきたお茶は、少し不思議な香りがした。これは薬草茶だ。ほうじ茶に、薬効のある野草を乾燥させて混ぜてある。

真樹次郎は、和恵が口にする前に、真っ先に薬草茶を飲んでみせた。

「今日は夏のように暑いゆえ、茶に涼味を足してある。怪しい薬ではない」

和恵はにっこりとして、素直に薬草茶を口に含んだ。

「疑ってなどおりませんよ。ありがたく頂戴します。喉が渇いていたところです。本当、今日は夏のようなお日和《ひより》ですこと」

瑞之助も茶をすすり、喜美にも勧めた。しかし、喜美はぷいとそっぽを向いた。

「喉なんか渇いていないから」

「そんなに着込んでいたら、暑くないか？」

「暑くありません。瑞之助さまこそ、そんなにだらけた格好をしないで。長山のお屋敷では、もっときちんとしていたでしょう。若い娘の前で、襟元がはだけそうな着方なんかしないでちょうだい」

喜美は少し頬が赤い。喜美と歳の近いおふうが、くすりと笑った。

瑞之助が思うに、喜美は瑞之助を買いかぶっている。慕《した》われれば、瑞之助だって嬉しい。近頃は少し生意気だが、それでも姪っ子はかわいいものだ。喜美に言われたら、わがままもあっさり聞き入れてしまう。

だから喜美が今日ここへ来たのだな、と瑞之助は察した。きっと母の差し金だ。泣き落としてでも瑞之助を連れて帰ってこいと頼まれているに違いない。

和恵は改めて話を切り出した。

「一つずつ確かめさせてくださいませ。真樹次郎先生、あなたが瑞之助のお師匠さまとうかがいましたが、瑞之助には何を教えていらっしゃるのです？」

「漢方医術の基本を教えているところだ。旗本の子供の手習いで言えば、四書五経の素読をやっているようなものだな。まだまだ時が必要だ。瑞之助が医者になれるかどうかは、もっと先にならんとわからん」

瑞之助は慌てて言い添えた。

「私は、働きながら、まじめに励んでいますよ。医者は看板を掲げるだけで誰でもなれるといわれますが、蛇杖院の医者はそうではありません。真樹次郎さんは、私にきちんとした医術を授《さず》けてくれようとしているんです」

「医塾に通っているようなものだと考えたらいいのかしら」

「はい、そうです」

答えながら、ちらりと、瑞之助は真樹次郎を見やった。真樹次郎は、医塾というものを嫌っているようなのだ。

和恵は薬草茶を一口飲むと、静かな目をして瑞之助に諭した。

「ねえ、瑞之助。江戸にはたくさんの医塾があるのですよ。例えば、新李朱堂《しんりしゅどう》といって、二年にわたってしっかりと学ばせてくれる塾があります。ほかにも、二月か三月ほど通って、きちんと免状を授けてくれる塾もあるそうです」

瑞之助は、不意を打たれた心地がした。

「そうなんですか。医塾というものは、そんなにいろいろとあるのですか」

「知らなかったかしら。母上があなたを案じて、あれこれ調べているのです。もっときちんとしたところで学んではどうかと」

真樹次郎が、押し殺したような声で言った。

「横槍を入れて悪いが、二月か三月の塾というのは信用ならんな。その程度で何を学べるというんだ？　新李朱堂は二年かけて弟子に医術を授けるという触れ込みだが、落第するやつがずいぶん多い。四年、五年とかけて免許皆伝に至るのが普通だ」

「あら、お詳しいのですね」

「伊達《だて》に医者をやっちゃいない。瑞之助が医塾に通いたいというなら止めないが、せめてまともなところを選んでもらいたいな」

真樹次郎と和恵がまなざしを交わした。探り合いのような間が落ちる。

部屋の中がしんとした。

ちょうどそのとき、おうたがひょこりと現れた。

「玉石さまが、お客さまに蛇杖院を見せてあげてって言った。東と、北と、お庭。一緒に行きましょ？」

和恵が真っ先に賛同した。

「あら、それはいいわね。見せてもらって、よろしゅうございますか。わたくし、何も瑞之助の首に縄をつけて連れ帰る心づもりはありませんの。母の言うことも、瑞之助の言うことも、どちらもわかりますもの」

瑞之助は腰を浮かした。

「姉上は、蛇杖院を疎《うと》んじていないのですか?」

和恵はうなずいた。

「蛇杖院のことを長山の家に伝えたのは、わたくしなのです。去年の冬、夫の妹が祈禱《きとう》をしてもらって快癒したので、もしかして蛇杖院に連れていけば、ほかの医者に治せない病も祓《はら》ってもらえるかもと考えました」

真樹次郎が、なるほどとうなずいた。

「夫君の妹御の病のときは桜丸が診たんだな」

「瑞之助のダンホウかぜは、真樹次郎先生が受け持ってくださったのですね?」

「そのとおりだ。麴町の屋敷まで呼ばれて瑞之助を診たが、往診だけで治してやれそうになかった」

和恵は袖で口を隠して笑い出した。

「真樹次郎先生のやり方は、ずいぶん強引だったそうですね。いきなり屋敷から連れ出されてしまったと、母が驚き、慌てふためいていました。しかも、ついてくるなと言われてしまったと」

「大八車に乗せて運んだ。旗本のお坊ちゃんがそんな扱いをされるなど、屋敷の者たちは思い描いたこともなかったに違いないがな。こちらも必死だったんだ」

和恵はひとしきり笑っていた。それから、おもむろに腰を上げた。

「さあ、蛇杖院をご案内していただけますか？　瑞之助がどのようなところで暮らしているのか、この目で見とうございます」

四

ダンホウかぜの流行が収まると、蛇杖院を訪れる者がぱたっと少なくなった。病者を療養させるための東の棟は、がらんとしている。

東の棟は、細長い形の大広間だ。あちこちに敷居が設《もう》けてあって、襖を立てれば、小部屋がずらりと並ぶ造りに早変わりする。

案内人は真樹次郎だ。和恵がそれに続き、瑞之助はおうたを連れ、その後ろに喜美がいる。おふうは仕事があるからと、お茶の一式を持って下がった。

「館の外観は四合院造りといって、唐土風だ。蛇杖院の主の玉石が異国趣味だから、こんな造りをしている。ただ、診療部屋や病者の寝所は見てのとおり、和風の造りだ。見慣れた様子の部屋のほうが、病者の気分を落ち着かせやすいからな」

「ダンホウかぜを患う人が大勢いたときは、ここを襖で仕切って、一人ずつ寝かせていたのですか？」

「そうだ。一人に一部屋、与えた。そういうときは、侍も町人も、金持ちも貧乏人もない。皆等しく、同じように世話をした」

「お寺の救護所では、お堂にずらりと布団を並べ、大勢を寝かせたと聞きます。そのほうがお世話もしやすいでしょう。なぜ仕切りを作るのです？」

「これは拝み屋の桜丸の受け売りだが、人に病をもたらす穢《けが》れは、戸や襖で仕切って封じ込めるのがいいそうだ。うまく封じ込めれば、穢れはそれ以上広がらない」

和恵は難しそうに、眉間にうっすらとした皺を刻んだ。

真樹次郎はもどかしげなしかめっ面をすると、付け加えた。

「俺の目にも、桜丸が言う穢れというものは見えない。だが、あいつの言うとおりに場を整えると、病の広まりが抑えられる。病者の快復も早くなる。これは確かなことだ。だから、あいつの言うことを信じて、そのとおりに従っている」

瑞之助はつい前のめりになって、真樹次郎の話に聞き入った。

日頃は下働きの仕事に追われ、素読もなかなか進まない。病者が感じている具合の悪さや痛み、あるいは病者の体の表に見て取れる変調などを総じて「証《しょう》」と呼ぶのだが、瑞之助が己の目や耳で病者の証を確かめる機会はめったにない。証に臨《のぞ》んでの治療のありようを聞くのは新鮮で、瑞之助は胸が高鳴った。

東の窓から外をのぞくと、二棟の長屋や物干し場が見える。先ほどまで一緒にいたおふうが、年嵩《としかさ》の女中たちに交じって、洗濯物を干している。

小さなおうたには姉の姿が見えないようなので、瑞之助は抱えてやった。おうたがぱっと顔を明るくする。

和恵は真樹次郎に問うた。

「あちらの娘さんは女中ですか？　それにしては、まだずいぶん若いようですが」

「おふうも通いの女中の一人で、大事な働き手だ。父はすでに亡く、頼みの母は体が弱くて胸を病んでいる。薬礼が払えない代わりに自分が働くと、二年ほど前から、妹を連れてここへ通ってきている」

「まあ。いたわしいこと」

「おふうはまだ十二だが、気働きができて、ものをよく心得ている。あの子が望むなら、ここでずっと働かせるつもりだ。多くの病者をここで引き受けるときは、いくら手があっても足りんからな」

「あの子たちのように、幼くして働かなければならない子供は、多くいるのでしょうね」

「子供に限らん。誰もかれも、いろいろある」

真樹次郎は短く言って、窓のそばを離れた。皆までは告げないつもりなのだと、瑞之助は察した。

蛇杖院に住み込んでいるのは、はぐれ者や身寄りがない者ばかりだ。あざを持つ朝助のように、皆、わけありの様子をちらつかせる。真樹次郎自身、何か屈託《くったく》があるらしい。

西の窓からは、中庭を挟んで、向かいにある西の棟が見える。ガラスの窓にビロードの布を垂らしてあるのが、和恵の目を惹《ひ》いたようだ。

「あらあら、オランダ風なのね。しゃれていますこと。おもしろいわ」

　真樹次郎が、あちらは蛇杖院の主の居所だと告げた。

「蛇杖院の主の玉石さんは、江戸で一番の蘭癖家《らんぺきか》だ。オランダ渡来のものに限らず、海の向こうから届いた珍品や奇書を山ほど持っている。玉石さんのところに蓄《たくわ》えられた知が、俺たちの医術にも役に立つんだ」

「何だかすごいわね。蛇杖院というのは、こういうところだったのですね。中庭にあるのは、小さな薬園でしょうか」

　瑞之助の手を引いて、おうたが答えた。

「中庭は、お薬を育てているのよ。枯れないように、虫が来ないように、うたが毎日、見張りをしているの」

　おうたは草花の名をよく覚えている。蛇杖院に植わっている薬草や花木の名を、瑞之助はおうたから教わっているのだ。おうたにもわからないときは、おふうがすべて知っている。

　瑞之助は姉の顔色をうかがった。

「姉上、いかがでしょう?」

　和恵は瑞之助を見つめ返した。

「あなたがこの屋敷に心を動かされたのも、少しわかる気がします。ですが、瑞之助。あなたには、旗本の家に生まれた男児として、果たさねばならない役割があるのではない？」

「旗本の男児の役割とは、何のことです？　私は次男坊で、部屋住みの厄介者ですよ。養子縁組の話が今までいくつかありましたが、結局、すべて立ち消えになりました。いつ来るともわからない次の良縁の話を待つだけだなんて、私は苦しいんです」

和恵は困った様子で首をかしげた。

「あなたなら、よいお話が必ず来るはずですよ。もう少しだけ待てないかしら。婿《むこ》養子に入って、よそのお家を継いで、立派な役に就けることだってあるのですから」

瑞之助はかぶりを振った。

「そうじゃないんです。私は出世をしたいとは思っていません。私には、やりたいことが……」

瑞之助は言葉を呑み込んだ。

いきなり真樹次郎が動いたのだ。動きにつられて振り向くと、喜美がうずくまっている。

真樹次郎は喜美の両肩を包み、顔をのぞき込んだ。

「おい、どうした。聞こえるか？」

喜美は答えない。真樹次郎に揺さぶられるまま、喜美の体はぐらりと傾《かし》いだ。

様子がおかしい。

和恵が短い悲鳴を上げ、口を押さえて立ち尽くした。

真樹次郎が二度、三度と呼び掛けると、喜美はぼんやりと顔を上げた。その顔が真っ赤だ。どうにか目を開けているが、真樹次郎の支えがなくては、体がぐらぐらとして定まらない。

おうたが喜美に飛びついて、小さな体で喜美の背中を上手に支えた。母の看病で、そうしたことに慣れているのだ。

真樹次郎は手早く、喜美の下まぶたや舌の色を見、首筋の脈を按《あん》じた。

「瑞之助」

「は、はい」

「厨に行って、湯冷ましと梅干し、甘酒を一椀、持ってこい」

「わかりました」

「急げ」

「はい！」

瑞之助は弾かれたように飛び出した。

五

真樹次郎に指示されたものを持ち、瑞之助はできる限りの大急ぎで戻った。お盆の扱いに慣れないので、一度、白湯《さゆ》をこぼしてしまった。おふうが見かねて、手伝ってくれた。

瑞之助たちが戻ったとき、喜美は部屋の真ん中で仰向けに寝かされていた。帯は解かれ、髪が崩れるのもそのままになっている。

喜美の傍らで、和恵が泣きそうな顔をして、扇子《せんす》を使っていた。

瑞之助はゆっくりとお盆を置いた。

「真樹次郎さん、喜美は何の病なんです？」

「大したことはない。暑熱にあてられたんだ。いわゆる霍乱《かくらん》の一歩手前というところだな。水を飲ませて様子を見る」

喜美は、はっきりと目を覚ましていた。瑞之助が白湯を勧めると、喜美は首を左右に振った。

「飲みたくない」

「どうして？　具合が悪いんだろう？　飲めばよくなるよ。真樹次郎さんがそう言っているんだから」

「嫌。飲みたくないの」

「なぜ」

「お外では何も飲まないと決めているの」

瑞之助は困ってしまい、真樹次郎を見た。真樹次郎は喜美の首筋に手を触れた。

「汗をかいていないな。今日は、朝起きてから、茶や水を飲んだか？」

喜美は力なく、首を左右に振った。

和恵は瑞之助の手から白湯を取り、喜美の口元に近づけた。

「飲みなさい。今日は暑いから、違う着物にしましょうとも言ったはずです。いくらきれいな着物でも、これは暑いでしょう？　まったく、こんなことで人さまに迷惑をかけて」

「あの麻の単衣《ひとえ》は嫌よ。古くて、短くなっているし、この帯の色とも合わないわ」

「七つのお祝いにおばあさまから買ってもらった帯でよかったじゃないの」

「子供の格好は嫌。お水も飲まない」

「飲みなさい」

「嫌よ。だって……恥ずかしいもの」

「何が恥ずかしいの。さっき、お茶をいただいたときも手をつけなかったでしょう。人さまの好意を無にして。そちらのほうが恥ずかしゅうございます」

あ、と声を漏らしたのは、おふうだった。おふうは、失礼しますと行儀よく断って、喜美に耳打ちした。赤い顔の喜美は、おふうの内緒話にうなずいて、唇を嚙んだ。

瑞之助はおふうに訊いた。

「何を言ったんだ？」

聞き分けのいいおふうが、このときばかりは、瑞之助の問いに答えなかった。

「教えません。真樹次郎さん、瑞之助さん、あたしに喜美さまのことを預けてもらえませんか。ちゃんと白湯と甘酒を飲んでもらいますから」

　おふうは十二、喜美は十だ。年頃の近い娘同士、何か通じるものがあったのだろう。しかし、瑞之助には、まったくもって意味がわからない。

　真樹次郎は渋い顔をした。

「医者として、放っておけないんだが」

　喜美は涙目になって、瑞之助と真樹次郎を見た。

「後で話すから、今はちょっと外に出ていて」

　瑞之助は困った。

「でも、喜美。真樹次郎さんの言うとおり、このまま放ってはおけないよ」

　おふうが頑固に粘った。

「いいえ、瑞之助さん。ここは喜美さまの言うとおりにしてください。後生《ごしょう》ですから」

　そのとき、はたと、真樹次郎が気づいた顔をした。真樹次郎は試すような目をすると、唐突なことを言った。

「さっき飲んだ茶が腹にたまったかな。俺は厠に行きたくなった」

　喜美が目を見張った。びくりと、はっきり動いたのだ。おふうも目を丸くした。

真樹次郎は二人の様子を確かめ、小さくうなずくと、すっくと立ち上がった。

「瑞之助、おまえも行くぞ」

「え？　厠にですか」

「そうだ。今日は暑い。こういう日は熱の病邪が体内にたまりやすくなる。体の健《すこ》やかな者は、おのずと水を飲んで涼気を取り込み、小便を出すことで邪を体の外に排しようとするものだ」

「ええ、まあ、そうですよね」

「熱の病邪を排する力が弱った者には、利剤を用いることがある。利とは、小便を出す働きで邪を外に追い出すことだ。まあ、薬の助けを借りる、借りないは抜きにしても、熱の病邪を体にためこんではいかん」

なぜ唐突に真樹次郎が利剤の講義を始めたのか、瑞之助はぴんと来なかった。厠に行きたくなって、そのついでにつらつらと話しているのか。

真樹次郎は瑞之助の腕をつかんで立たせ、有無を言わせず、東の棟から引きずり出した。おうたは瑞之助の腰を押して、真樹次郎を手伝った。

瑞之助は戸惑って、真樹次郎に問うた。

「あの、真樹次郎さん。どういうことなんですか、一体？」

「俺の勘が当たっているなら、よくある話だ。おまえの姫御はもう赤ん坊ではないのだから、こういうことも起こり得る」

　真樹次郎は厠へは行かなかった。瑞之助とおうたを引き連れ、ぐるっと回って、南の棟の待合部屋に戻った。


　しばらくして、和恵が待合部屋へ姿を見せた。くたびれた様子で息をつき、真樹次郎に頭を下げた。

「ごめんなさいね。娘のわがままを汲んでくださって、ありがとうございます」

　瑞之助は和恵に迫った。

「喜美の様子は？」

「白湯を飲み、梅干しと甘酒をいただいたら、すぐに動悸が治まりました。まだ少し頭が痛むようだけれど」

「さっきのあれは、何だったのです？」

　和恵は口ごもった。

　真樹次郎が、瑞之助にくぎを刺しつつ言った。

「答えを教えてやるが、姫御の前では知らんふりをしてやれよ。姫御は、厠に行くのが恥ずかしくて水を飲めなかったんだ」

瑞之助は目を剝いた。

「それだけのことなんですか？」

「声が大きい。それだけと言うな。若い娘にはよくあることだ。出先で厠を使うのが恥ずかしくて、水を飲めなかったり、小便を出すのをこらえ続けたりする」

「どうして真樹次郎さんがそんなこと知っているんですか」

「厠に行けないせいで腎に病を得て、医者を求める羽目になるからだ。水を飲まなければ、さっきの姪御のように、暑熱に中《あた》ることもある。おまえのような図太いやつは、厠程度でと呆《あき》れるかもしれんが、若い娘にとっては一大事だ。医者にとってもな」

和恵が再び頭を下げた。

「そこまでわかっていただき、案じていただいて、ありがとうございました。母として、お恥ずかしい限りです」

「日が悪かったと思っておくといい。こんな日は、駕籠の中も蒸し暑かっただろう」

「ええ。汗をかいて化粧が崩れてしまいました。こちらにうかがってすぐ、すっとするお茶をいただいたのが、本当においしくて」

「あれと同じ茶葉を持たせよう。娘御は、病を得たわけじゃあない。適度な水を飲み、体を休め、滋養をつければ、すぐによくなる。暑くて体に力が入らんような日には、甘酒がいい。疲れが取れる」

和恵は一つひとつ、うなずいて聞いた。それから瑞之助に向き直った。

「あなたが医者になりたいと思ったわけが、わたくしにもわかってきました。瑞之助、真樹次郎先生に粗相《そそう》のないように、しっかり励みなさいね」

瑞之助は、はっとした。

「私がここで医者を目指すこと、認めてもらえるんですね」

「わたくしも喜美もこんなにお世話になっておいて、蛇杖院を悪く言うことなんてできませんよ。母上には今日のことをきちんと伝えておきます」

「ありがとうございます、姉上」

「ただし、あなたが蛇杖院で修業をすることを母上が認めるかどうかは、しかとは約束できませんよ」

それでも、一歩前に進んだ。和恵と喜美を味方につけたのは心強い。

やがて、喜美とおふうが戻ってきた。東の棟からではなく、裏庭のほうからだ。こっそりと厠に行ってきたのだろう。

瑞之助は何も気づかなかったふりをして、喜美に笑顔を向けた。

「おかえり。もう具合はよくなった？」

「はい。ご心配をおかけしました。あの……髪が、ぐちゃぐちゃになってしまって、みっともないから、見ないで」

喜美はうつむいている。

十の子供がそんなことを気にするのか、と瑞之助は不思議な思いだった。瑞之助の中では、喜美はいつまでたっても幼子だ。ついこの間まで、言葉も十分にしゃべれなかった。襁褓《むつき》も取れていなかったというのに。

瑞之助は、喜美がうつむいた拍子にぶら下がった赤い玉飾りの簪《かんざし》を、そっと引き抜いた。

「落としたら大変だ」

簪を喜美に握らせる。喜美は上目遣いで瑞之助を見た。

「次は迷惑をかけないから、また会いに来てもいい？　瑞之助さまに会えないのは寂しいんです。だから、喜美、さっきは瑞之助さまに意地悪なことを言ってしまったの」

「わかっているよ。私は怒っていない」

「本当に？」

「本当だとも。でも、喜美が自分の体を大事にしないときは、怒るかもしれないな。私も医者の見習いだからね」

喜美は、こっくりとうなずいた。

「瑞之助さま、医術の修業、ちゃんと励んでね。真樹次郎先生みたいに格好いいお医者さまになってください」

格好いいと言われた途端、真樹次郎は喉に唾が詰まったようで、むせた。おふうとおうたが、けらけらと笑った。

瑞之助もつられて笑い、喜美に指切りの約束をした。

「わかった。喜美の言うとおり、真樹次郎さんみたいになれるよう、しっかり励むとするよ」

駕籠を呼ぶ頃には、喜美はすっかり元気になっていた。おふうとおうたは一足先に、母が待つ長屋へと帰っていった。おふうと喜美は仲良くなって、手紙を送り合う約束を交わしていた。

真樹次郎は喜美の体が心配なのか、見送りのときまで、ずっと一緒にいた。和恵と喜美が駕籠に乗り込むときには、懇々《こんこん》と説教をした。

「女の体は、男の体以上に、水と縁が深いものだ。水を遠ざけてはいけない。が、多すぎればすぐに冷える。医者の中には、一日に一升の水を飲むべしと量を定める者もいるが、それは必ずしも正しくない。大切なのは、己の体の欲するものをよく察することだ」

喜美は素直に真樹次郎を見上げて、一生懸命に話を聞いていた。喜美の目は夕日を受けて、きらきらと輝いた。

「真樹次郎先生、今日はありがとうございました。喜美も自分の体を大切にして、健やかになれるよう努めます。またいろいろ教えてくださいい」

日頃の生意気さはどこへやらだ。真樹次郎もまんざらではないようで、ちょっと斜《はす》を向きながら、口元を微笑ませた。

喜美は瑞之助のほうを向くと、ちろりと舌を出した。

「瑞之助さま、その髪、似合わないなんて言ってごめんなさい。瑞之助さまはどんな髪も似合うわ。もちろん、真樹次郎先生も格好いいし」

和恵が呆れた。

「ずけずけとものを言うなんて、はしたない。おやめなさい。真樹次郎先生が困っていらっしゃるでしょう」

喜美はまた、ちろりと舌を出した。

駕籠に乗って帰っていく二人を見送ると、瑞之助は、どっと疲れに襲われた。

隣で伸びをする真樹次郎に、瑞之助は頭を下げた。

「真樹次郎さんが助けてくれて、本当によかったです。喜美が倒れたときは、血の気が引きました」

「あんなのは、よくあることだ。慌てず、病者の体の様子をよく見ろ。場数をこなせば、落ち着きも出てくるだろう」

「本当にそうなれるでしょうか？」

瑞之助は不安を口にした。真樹次郎は瑞之助の目を見て、うなずいた。

「なれると信じろ。おまえは伏竜《ふくりょう》だ。いまだ水の底に伏してはいるが、いずれ空を駆ける竜になれる。俺はこれでもおまえの才を買っているんだぞ。しっかりついてこい」

瑞之助は胸をつかれた。

「はい」

嚙み締めるように一言だけ答えた。

「しかし、くたびれたな。女の話し相手になるなどと、慣れんことをしたせいだ」

真樹次郎は息をついて、踵《きびす》を返した。一つに括っただけの髪が、歩みに合わせて揺れる。

瑞之助は頭のてっぺんに手をやった。総髪と呼ぶには、月代だったところの毛がまだ短い。この毛がすっかり伸びる頃、瑞之助は医者と名乗れるようになっているだろうか。

「しっかり励むとするよ」

瑞之助は、喜美と指切りをした小指を夕日にかざした。

夕餉《ゆうげ》の匂いがしている。

それに気がつくと、瑞之助は急に腹が減ってきた。

第二話　肥甘《ひかん》の病

一

六つのおうたは、一人で蛇杖院の門に近寄ることができない。門のところを通るときは、瑞之助か姉のおふうか、誰かと手をつないで、ぎゅっと目を閉じている。

「何をそんなに怖がっているの？」

瑞之助が尋ねると、おうたは眉を寄せて口を尖《とが》らせた。

「ほかの誰にも言わない？」

「約束するよ」

おうたは、はっきり見ないように薄目を開けながら、門の脇に掲げられた看板代わりの提灯《ちょうちん》を指差した。

「蛇《へび》さんが、うたのことを睨《にら》んでるでしょう」

おうたが言う蛇さんとは、提灯にあしらわれた紋のことだ。

蛇杖院の紋には、その名のとおり、蛇が杖《つえ》に巻きついた意匠を使っている。本物らしい絵面《えづら》ではないが、幼いおうたには、それでも怖いのだろう。

「そうか。おうたちゃんは蛇が苦手なんだね」

おうたはうなずいて、瑞之助に念を押した。

「このことは内緒にしてね。玉石さまには絶対に言っちゃ駄目だよ」

「わかった。約束する」

おうたほどではないにせよ、病者やけが人の中にも、蛇杖院の名や紋を嫌う者がいる。

蛇は神の使いで縁起がいいらしいが、蛇が好きだという声はあまり聞かない。能や浄瑠璃《じょうるり》では、恋情を募らせるあまり大蛇と化す清姫《きよひめ》の物語がある。怖いもの、相容れないものの権化《ごんげ》として、蛇を描いているのだ。

では、なぜ蛇杖院は蛇なのだろうか、と瑞之助は不思議に思った。変わり者の玉石が蛇を好むからなのか。

門前の提灯に描かれた蛇の紋をじっくり眺めていると、瑞之助はおうたから叱《しか》られてしまった。

「瑞之助さん！　蛇さんじゃなくて、うたと一緒に遊んで！」

おうたと一緒に遊ぶといっても、喜美が幼かった頃の遊びとは違う。喜美は鞠《まり》つきをしたり人形遊びをしたりと、あれこれおもちゃを持ってきて、瑞之助に遊んでとせがんでいた。

おもちゃらしいおもちゃを、おうたは持っていない。瑞之助が反故《ほご》紙で人形を作ってやると、びっくりするほど喜んだ。大事にしすぎてぼろぼろになり、ふとしたはずみで破れたときは、いつまでも泣きやまなかった。

おうたと遊ぶときは、その場で目についたものを、おもちゃの代わりに使う。中庭で見つけた花や葉で遊ぶことが多いだろうか。洗濯物を急いで取り込む競争をすることもある。

瑞之助はおうたに手を引かれ、井戸のそばへ行った。

水を張った盥《たらい》が日陰に置かれていた。水の中では、あさりが半ば口を開けている。時折、あさりの口から、ぷくぷくと泡が上がった。

おうたは、わけ知り顔で言った。

「あさりをお水につけてね、砂を吐かせるの。こうしないと、あさりは、おいしく食べられないのよ」

「そうか。おうたちゃんは物知りだね」

「おふう姉さんが教えてくれたの。おふう姉さんは、瑞之助さんより、ずーっと物知りなんだから」

「違いないね。おふうちゃんには、たくさん教えてもらってばっかりだ」

嘘偽りのない気持ちで、瑞之助はそう言った。

瑞之助は、日々の暮らしに必要なちょっとしたことを、あまりにも知らなかった。雑巾《ぞうきん》の絞り方ひとつ、わからなかったのだ。困り果てた瑞之助の手を取って丁寧に教えてくれたのは、おふうだった。

おうたと並んでしゃがみ込み、あさりの様子を眺めていると、蘭方医の登志蔵がやって来た。出先から戻ったところのようだ。

「二人揃って何をやっているのかと思えば、あさりを見物しているのか。この間は、蟻の行列を飽きずに追い掛けていたな」

「今、おうたちゃんも私もちょっと手が空《す》いているんです」

蟻の行列のときは、登志蔵も一緒になって地面に張りついていた。が、登志蔵は、あさりには食指が動かないらしい。

登志蔵は井戸の水を汲み上げ、ざぶざぶと顔を洗うと、びしょびしょのままで笑った。

「手が空いているのか。よし、瑞之助、剣術の稽古をしよう」

「えっ、今からですか？」

「そうとも。今朝は瑞之助が寝坊をしたせいで、俺も十分に体を動かせなかったんだぜ。瑞之助も、くすぶっているだろう？　そのぶんを取り返そうじゃないか」

瑞之助の朝一番の仕事は水汲みだ。それが済んだら、登志蔵の剣術稽古に付き合うことになっている。これがまた、とんでもなく手厳しい。瑞之助も体を動かすのは好きだが、登志蔵を前にちょっとでも油断すると、痛い目に遭う。

おうたは目を真ん丸にした。

「瑞之助さん、朝寝坊したの？」

「ゆうべ、遅くまで真樹次郎さんに医術のことを教わっていたんだよ。気がついたら夜明けが近くて、眠る暇があまりなかったんだ」

「真樹次郎さんは、いつもそうよね。夜が遅いから、ねぼすけなの。困ったものだわ」

おうたのお姉さんぶった口ぶりがかわいらしくて、瑞之助は少し笑った。

登志蔵は瑞之助の腕をつかむと、ひょいと引いた。ごく軽く力が加わっただけだが、瑞之助はいつの間にか立たされている。

「ほら、稽古するぞ、稽古。ぼーっとしていると、せっかくの腕がなまっちまうぞ」

肩を組まれてしまうと、もう逃れる術《すべ》はない。瑞之助と登志蔵と、背格好はさほど変わらない。しかし、登志蔵の体捌《さば》きは独特で、押さえ込まれたら、どれほどあがいても抜け出せないのだ。

やわらの術のようなもの、だという。節々が曲がりやすいほうへ、筋《きん》が伸びたいほうへ、軽く力を加えてやるだけで、人の体はたやすく動くのだそうだ。

登志蔵は九州の生まれだ。先祖代々、熊本《くまもと》の地に根を張った血筋だという。

かの地には何か特別な武術が伝わっているのではないかと、瑞之助は思う。そう思わねばやっていられないほど、登志蔵は強い。剣術でも徒手空拳《としゅくうけん》でも、とにかく強い。

おうたが膨れっ面をして、登志蔵に追いすがった。

「瑞之助さんを連れていかないで！　うたと遊ぶの！」

「今までおうたが瑞之助を独り占めしていたんだろう？　俺にちょいと貸してくれよ」

「登志蔵さんはわがまま！」

「おうた、つれねえな。前はもっと俺に優しかったのに」

「登志蔵さんより瑞之助さんのほうが優しいもの。うた、優しい人に優しくしてあげるの」

おうたが登志蔵の手をつかんだ。踏みとどまらせようと引っ張ったようだが、むろん登志蔵はそのくらいでは止まらない。

登志蔵は、おうたの体に腕を回すと、ひょいと抱え上げた。

「おっ、ちっとばかり、でかくなったたな。あといくらか肥えたほうがいいけどな」

登志蔵の肩の上に乗せられて、おうたはたちまち機嫌を直した。きゃあっと弾んだ声を上げている。

登志蔵は、ちょっと変わった風貌の男前だ。眉と目がくっきりとして、生き生きと変わる表情が、ぱっと人目を惹く。

「お手柔らかにお願いしますよ、登志蔵さん。私はあまり寝ていないんです。疲れがたまっているんですから」

瑞之助の言葉に、登志蔵は大きく口を開けて笑った。

「そんなふうに頼まれて、俺が手を抜いてやったことが、今までに一度でもあったか?」

「ありませんね」

「立ち合い稽古といこう。三本勝負だ。ただし、腑抜けた技を出すようなら、三本くらいじゃ許してやらねえからな」

「心得ています」

瑞之助は、立ち合い稽古で登志蔵に勝ったことはない。

今まで、剣術道場では負けなしだった。師範からも一本を取ることができた。それだというのに、登志蔵にはかなわない。

登志蔵は、真剣も木刀も、いくらか寸の長いものを使っている。そのほかに特別なところはないように見えるが、踏み込みの速さが段違いだ。

初めは、こてんぱんにされた。まだ病み上がりで、体が戻っていなかった頃だ。

それでも数合、登志蔵の木刀を防いだ。かん、と高い音を立てて打ち合うのを見て、朝助が仰天していた。

朝助は時折、木刀を構えて、登志蔵が打ち込んでくるのをただ耐える役目を仰せつかっていたらしい。あの速さが見えるのかと、朝助は感嘆することしきりだった。

「そら、瑞之助。こっちの刀を使おうぜ」

登志蔵が投げて寄越したのは、刃引きした刀だった。陽光を跳ね返して、ぎらりと輝く。斬れない刀とはいえ、木刀とは重みが違う。

「この刀で、三本勝負ですか」

「おうたが見てくれているんだから、ちょいと張り切ろうぜ。木刀よりも、こっちのほうが気迫が乗るだろう？」

登志蔵は楽しそうだ。おうたも怖がってはいない。何事かと気になったようで、真樹次郎やおふうも、東の棟から出てきた。

瑞之助は深く息を吸って吐いた。

登志蔵が相手では、勝ち目がないのはわかっている。それがかえって気楽だ。

「よろしくお願いします」

切っ先を下げて一礼すると、登志蔵も応じた。

どちらからともなく刀を構え、じりじりと間合いを測る。いつもと同じく、胸を借りるつもりで、瑞之助のほうから先に踏み込んだ。


秋八月も半ばを過ぎると、朝晩はずいぶん涼しい。乾いた風が吹いていくのも、体を動かして働くぶんには心地よい。

真樹次郎は誰かと顔を合わせるたび、あいさつ代わりに同じことを言っている。

「季節の変わり目は体を壊しやすい。涼しく乾いた風は、喉《のど》や肺を痛めるものだ。油断するな」

その真樹次郎自身が、近頃はよく咳払いをしている。何となく、いがらっぽさを感じるらしい。

「無理はしないでくださいね」

夕刻、連れ立って湯屋に向かいながら、瑞之助は真樹次郎を気遣った。

真樹次郎は、はたと手を打った。

「そうだ、半夏厚朴湯《はんげこうぼくとう》。漢方医術で特によく使う薬種ばかりから成る薬で、喉の不調が気に掛かるときにはちょうどいい。瑞之助、半夏厚朴湯の処方を教えてやろう」

「私が真樹次郎さんのための薬を作るんですか？」

「びっくりした顔をするな。『傷寒論』を読み進めているだろう？　各々の段では、病者が呈する証について説かれた後、薬の処方が付されている。よく使われる薬種の名は覚えてきたはずだ」

「はい。半夏厚朴湯というのは、半夏と厚朴を主とする薬ですよね。半夏は、味が辛《しん》で、みぞおちのあたりのつかえや喉の気持ち悪さ、めまいなど、いろいろな証に効《き》くとされています」

「そのとおりだ。では、厚朴はどんな薬種だ？」

「厚朴は、中風《ちゅうふう》や傷寒による頭痛や、気や血の巡りの滞《とどこお》りなどに効果があって、さまざまな薬に用いられます。時代によって、何という木のどのような状態を指して厚朴というのか、移り変わりがあったようですが」

　真樹次郎は口元をむずむずさせた。微笑もうとしてしくじったときの顔だ。医者として病者の前に立つときは、真樹次郎ももっと上手に笑っている。肩の力を抜いているときのほうが、真樹次郎は笑い方が不器用になる。

「厚朴の項目には、俺が注釈を書き添えておいたんだったな」

「ええ。真樹次郎さんから借りた本には、細かな注釈がたくさん入っていて、とてもわかりやすいです」

真樹次郎は、むずむずする口元を咳払いでごまかして、話を続けた。

「半夏厚朴湯には、主となる二つの薬種のほかに、茯苓《ぶくりょう》、蘇葉《そよう》、生姜《しょうきょう》が含まれている。茯苓はきのこの一種、蘇葉は紫蘇《しそ》のことだ。生姜《しょうが》もそうだが、料理にも使われるものを多く含んでいるのが、半夏厚朴湯だな」

「料理に似ているのなら、私のような見習いが作っても、危うくはないんですね？」

「そうたやすく毒に変じ得るようなものは入っていない。蛇杖院に戻ったら、さっそくやってみるか」

「よろしくお願いします」

瑞之助にうなずいてみせた真樹次郎は、またしても、口元をむずむずさせていた。

八月に入って、調薬の手ほどきのほかに、もう一つ、瑞之助の医術修業に進展があった。西の棟にある玉石の書庫に入ることを許されたのだ。

真樹次郎は、玉石の書庫からたくさんの書物を借りている。それを返しに行ったり、真樹次郎の書付を手に新たなものを借りに行ったりと、お使いをこなすのが近頃の瑞之助の役目だ。

朝の仕事が一段落した折、瑞之助は真樹次郎から預かった書物を抱え、西の棟に赴《おもむ》いた。

西の棟に足を踏み入れると、視界に広がる彩りががらりと変わる。

窓に色鮮やかなガラスをはめ込んでいるせいばかりではない。花模様の壁紙も、床の板張りの風合いも、その上に敷かれた絨毯《じゅうたん》も、何もかもが日《ひ》の本《もと》のそれと異なっている。

オランダ式の内装なのだと、玉石は言う。玉石は長崎の生まれだ。異国船との商いを許された長崎の町には、こういうオランダ式の屋敷もあるのだという。

瑞之助は書庫の扉を薄く開き、おとないを入れた。

玉石は、つややかな樫《かし》のターフルに革装丁の本を広げつつ、書き物をしていた。その手にしたものも筆ではなく、鳥の羽根をあしらった洋筆である。

今日の玉石は、帯の締め方から襟の抜き具合まで、まるで男のような装いだ。髪は、少し崩した丸髷である。

玉石は書き物の手を止めた。

「どうした、瑞之助」

「お邪魔してすみません。真樹次郎さんから、書庫の本を預かってきました」

「ああ、先日貸したものだな。入ってくれ。本は適当にそのあたりに置いといてくれたらいい」

瑞之助は玉石の指図のとおり、函に入った一群の書物をターフルの隅に載せた。

ふわりと風が起こったせいだろう。ターフルの上でくつろいでいた日和丸《ひよりまる》が、小さな頭をにょろりともたげた。真ん丸な黒い目が瑞之助を見上げる。

日和丸は、蛇である。南国生まれの雄の蛇だ。体は華やかな黄金色。七本の黒い横縞が帯のように体に巻きついている。

瑞之助は体を屈め、日和丸に顔を寄せた。

「こんにちは、日和丸。涼しくなってきたけれど、体を壊してはいないかな」

声も言葉も持たない日和丸が答える代わりに、玉石がくすりと笑った。

日和丸は小さな蛇で、長さは一尺余りだ。太さは瑞之助の小指よりも細い。頭は殊《こと》にちんまりとしており、一生懸命に口を開いても、人に噛みつくことができない。どうにか牙《きば》を立てたとしても、その小さな牙では、人の肌を貫くことができない。

気性のおとなしい蛇だ。驚いたときには尻尾《しっぽ》でつついてくるが、ちっとも痛くない。黒曜石《こくようせき》のような目は、人懐っこそうにきらきらしている。

日和丸は、琉球《りゅうきゅう》からの荷に紛れ込んでいたという。舶来の珍品を好む玉石は、珍しい色をした日和丸を一目で気に入ったそうだ。

玉石は鼻を鳴らすようにして笑った。

「瑞之助は蛇を恐れないんだな」

「私も、ですよ。真樹次郎さんも、蛇は嫌いではないと言っていました」

瑞之助は日和丸のほうへ手を差し出した。日和丸はするすると体を伸ばして、瑞之助の手の上によじ登った。

日和丸のきめ細かな鱗《うろこ》は、上等な絹よりも手ざわりがよい。指先の感覚を研ぎ澄ませば、鼓動や呼吸さえ感じ取れる。

優雅な身のこなしで、日和丸は瑞之助の腕の上で散策を始めた。瑞之助は、愛《あい》敬《きょう》を振りまく日和丸とじゃれながら、ふと思い出して玉石に問うた。

「玉石さん、蛇杖院は、なぜ蛇なんでしょうか。ある人が言っていたんです。門のところの提灯に入っている紋の蛇が怖い、と」

おうたが内緒にしてほしいと言ったから、蛇を怖がっている人の名は挙げない。蛇が苦手なのはおうたひとりではないから、なぜ玉石が蛇を選んだのか、そのわけをきちんと聞いておきたいと思った。

「相変わらず、この名と紋は評判が悪いようだな」

「ええ。蛇を縁起物として祀《まつ》ることもあると聞きますが、どちらかといえば、嫌がる人のほうが多いでしょう」

玉石は洋筆を置き、日和丸のほうへ手を差し伸べた。

日和丸は瑞之助と玉石の顔を見比べた。気を遣ってくれたらしい。瑞之助は苦笑して、日和丸をそっとつまむと、玉石の手のそばに下ろしてやった。日和丸はするすると玉石の手に乗り、ちろちろと小さな舌を出した。

玉石は指先で日和丸を撫でてやりながら、瑞之助の問いに答えた。

「蛇杖院の名は、わたしの蘭癖《らんぺき》のせいだよ」

「オランダ渡来の医書に、何か蛇に関することが書かれているのですか」

「神代の昔、ギリシャには名医アスクレピオスがいた。アスクレピオスは後に神の座に就いたため、医者の守護神と呼ばれている。かの神像は必ず、蛇が巻きついた杖を持った姿で描かれるんだ」

「西洋の医者の守護神が、蛇の杖を手にしているのですか。それが蛇杖院の名の由来なんですね」

「ああ。縁起を担いで、この名に決めた。由来を言い当てた者は、今まで一人だけしかいなかったがな」

「あすくれ……ええと、その西洋の医者の神を知っていた人がいたんですか？」

「アスクレピオスだ。瑞之助もいずれ蘭方の医術も学びたいのなら、和語でないものの響きにも耳と舌を慣らしておくことだな。蛇の杖の正体を知っていたのは、蘭方医の登志蔵だ」

　日和丸が、ぴくりと震えた。

　細長い体に耳らしきものは見受けられないが、日和丸は人の名の響きをきちんと聞き分けている。登志蔵のことは苦手なようで、名を聞くだけでも身構えるのだ。

「登志蔵さんは博識なんですね」

「あいつは物知りだし、頭がよくて腕が立つぞ。登志蔵は外をほっつき歩いてばかりのおかしなやつだと、真樹次郎は言っているだろうが」

そうですか、と瑞之助はごまかした。

蘭方医の登志蔵のもとには、漢方医の真樹次郎ほどには、病者が訪れない。それを幸いとばかりに、登志蔵はよく出掛けている。どこで何をしているのやら、尋ねてみても、きちんとした答えが返ってこない。つかみどころのない男である。

ふと、日和丸が頭をもたげた。人には感じ取れない何かを察知したのだろう。

「どうした、日和丸？」

玉石が問うたとき、瑞之助にも騒動が聞こえてきた。

男の声と足音が近づいてくるのだ。

「おおい、玉石。ちょいと匿《かくま》ってくれや」

無遠慮に戸を開けたのは、三十代半ばの痩身《そうしん》の男だ。癖のある髪をいい加減な髷に結い、着流しに十徳を引っ掛けている。

「またおまえか、唐斎《とうさい》」

玉石は呆れ半分に笑った。

橋田《はしだ》唐斎は医者である。

たびたび蛇杖院に現れるが、ここに籍を置いているわけではない。本人曰《いわ》く、もっぱら金持ちを相手にする腕利きの町医者、とのことだ。

しかし、瑞之助が思うに、唐斎はあまりまともな医者ではない。

唐斎はたいてい酒の匂いをさせている。形のよい鷲鼻《わしばな》は赤らみ、声は酒焼けしてしゃがれている。蛇杖院を訪れても、診療部屋のほうへは行かない。玉石の住まう西の棟が限られた人しか入れないのをいいことに、ここでだらだらしてばかりだ。

真樹次郎は唐斎が来ると、いつにも増して不機嫌になる。

唐斎が扱う医術は、漢方医の真樹次郎のそれと同じ流派と言ってよいらしい。漢方医術の中でも、古方派や考証学派と呼ばれる類《たぐい》の流派だ。

医術の流派も、剣術の場合と同じように考えてよいと、瑞之助は聞いている。流派を手掛かりにして、人脈が築かれる。入門して修業を重ね、免許皆伝と認められなければ伝授されない技もある。技というのは、例えば秘薬の処方だ。

真樹次郎が唐斎を嫌うのは、ふざけた振る舞いに憤《いきどお》っているからだけではない。唐斎は、真樹次郎にとって都合の悪い過去の出来事を知っているらしい。唐斎のほうは真樹次郎をいたく気に入っている。あるいは、便利に使える若造だと思っているだけかもしれないが。

何にせよ、厄介な病者を抱えるたびに、唐斎は蛇杖院にやって来て真樹次郎を呼ぶ。

「謝礼をたんまりふんだくれる仕事だぜ」

そんなふうに調子のよいことを言うし、確かにそのとおりではある。しかし、真樹次郎がしかめっ面で胃のあたりをさするのを、瑞之助は毎度近くで見ている。こんなふうにこき使われるのでは、真樹次郎がかわいそうだ。

今日も、唐斎は真樹次郎に無理難題を持ってきたようだ。じろりと瑞之助を睨むと、吐き捨てるように言った。

「侍崩れの下っ端じゃあ話にならねえ。さっさと真樹次郎を呼んでこい」

唐斎は、真樹次郎を前にすると鼻歌まで歌い始めるのに、瑞之助の前ではこんなふうだ。侍崩れの下っ端、という言い草はまだましなほうで、もっと意地悪な皮肉をぶつけられることも多い。

瑞之助と同じように唐斎が毛嫌いしているのは、蘭方医の登志蔵だ。初めは医術の流派が異なるためかと思ったが、そうではない。

唐斎は侍を嫌っている。憎んでいると言ってもいいかもしれない。

玉石にも、同じようなところはある。瑞之助が最初に真樹次郎への弟子入りを志願したとき、「侍は信用ならない」とつぶやいていた。

今となっては、玉石も瑞之助に対して意地の悪いことはしない。しかし、瑞之助は時折、あのつぶやきを思い出し、不安にさいなまれる。玉石は本当に、侍である瑞之助を医者見習いとして認めてくれているのだろうか？

唐斎は音高く舌打ちをした。

瑞之助はつい、びくりと首をすくめた。

人の悪感情に触れるのは苦手だ。嫌われたり疎《うと》まれたりすることが、どうにも耐えがたい。誰かに好かれれば好かれるほど、違う誰かに憎まれるのだとしたら、誰にも好かれなくてもよいと思ってしまう。

瑞之助は踵を返した。

「真樹次郎さんを呼んできます」

「遅《おせ》えんだよ。ぐずぐずするんじゃねえ。さっさと行け」

不機嫌な唐斎の声に尻を蹴飛ばされ、瑞之助は書庫から逃げ出した。

二

蛇杖院を訪れるのは、その日暮らしの人々が多い。薬礼は、貧しい者からはほとんど取らない決まりになっている。だから、食うにも困るような人々から頼られるのだ。

玉石が裕福だからできることだ。蛇杖院を営むのは商いのためではないと、玉石も常々、はっきりと言っている。蛇杖院は、玉石の道楽なのだ。

今、南の棟の診療部屋は、戸が閉じられている。真樹次郎が病者を診《み》ているのだ。唐斎の呼び出しを伝えるのは、ひと区切りしてからでいいだろう。

待合部屋には、一組の客がいた。顔見知りの老婆と、その付き添いの女中だ。瑞之助と同年輩の女中は、赤子を背負っている。

老婆はあどけないような顔でにこにこして、瑞之助に会釈した。

「初めまして、お若いお医者先生」

顔を合わせるたびに、老婆は瑞之助に初めましてのあいさつをする。瑞之助も四度目には事の次第を察して、初めましてと返すようになった。

女中は苦笑いで頭を下げた。

老婆は、御家人の大奥さまだという。もとは性格のきつい人だったが、いつしか物忘れがひどくなり、それと同時に穏やかになった。四半刻前に食事をしたことも覚えていないが、もう食べたでしょうと言うと、はいそうですかと素直に引き下がる。

物忘れがひどいのも、人柄が変わってしまったのも、脳の働きが衰えたせいだ。そう診断を下したのは、蘭方医の登志蔵だ。いちばん新しい蘭方外科の技をもってしても、脳の衰えは、手術や薬で治せるものではないという。

老婆が蛇杖院を訪れるのは、真樹次郎に心ノ臓の具合を診てもらうためだ。整骨術を得意とする僧の岩慶がいるときは、足腰の痛みについても相談している。

この老婆と会うたびに、健やかとはどういうことだろう、と瑞之助は思ってしまう。治らない病を抱えてはいても、老婆は少しも苦しそうではない。穏やかに微笑みながら、時が過ぎていくのを受け入れているように見える。

突然のことだ。

表がひどく騒がしくなった。

「どなたか、いらしたようですね」

瑞之助は怪訝《けげん》に思いながらつぶやいた。女中はうなずいて応じた。

門前に駕籠《かご》が到着したらしかった。居丈高に叱責《しっせき》する男の声がした。駕籠かきらしき男たちが慌てふためく様子がある。どすどすと、重たい足音が聞こえてくる。

一体何事だろうかと瑞之助がまごまごしているうちに、騒動の主の正体がわかった。

でっぷりと太った男が、待合部屋に怒鳴り込んできた。

「あの藪医者をどこに隠した！」

年の頃、五十といったところだろう。とてつもなく肥えた男である。身なりがよく、裕福そうだ。布をたっぷり使った巨大な羽織は絹でできているらしく、つやつやと輝いている。

男は、肉に埋もれた小さな目を三角に怒らせて吠えた。

「あの藪医者をどこに隠した！　さっさと答えんと、ただでは済まさんぞ！」

瑞之助は気圧《けお》され、舌をもつれさせながら、どうにか応じた。

「藪医者とは誰のことです？」

「橋田唐斎だ！　あやつのねぐらにはおらなんだ。ここで匿っているんだろう。

さあ、あやつを出せ！」

男は、息を切らして瑞之助に詰め寄った。

「ま、待ってください」

瑞之助は頭が真っ白になっている。なぜ怒鳴られなければならないのか、意味がわからない。

女中の背で眠っていた赤子が、男の大声に驚いて泣き出した。瑞之助はそれでまた、びくりと体を震わせた。

老婆は相変わらずにこにことして、赤子の頭を撫でている。男の怒声など聞こえていないかのようだ。

騒ぎを聞きつけたのだろう、巴と朝助が顔をのぞかせた。男はそちらを一瞥したが、鼻を鳴らし、瑞之助の襟首をつかんだ。

「その頭、おまえも医者だな」

「え、いえ……まだ医者と名乗れるほどの者ではなく……」

「やかましい！　話もできんぼんくらか！　さっさと唐斎を出せ。ぼんくらでも、そのくらいはできるだろう！」

唾がかかる近さで怒鳴られている。罵《ののし》られれば罵られるほど、何を言われているのかわからなくなる。

男のでっぷりとした腹の肉に、瑞之助の体は半ば埋もれている。このまま押し潰されるかもしれない。どうしていいか、わからない。

横合いから繊手が伸ばされた。

いつの間にか、玉石がそこにいた。

「うちの医者見習いに何か？　あまりの大声に、この者は気が萎《な》えてしまっておりますよ」

「こやつがぐずぐずしておるから悪いのだ！　烏丸屋の放蕩娘、おまえに用はない。橋田唐斎をどこへ隠した」

玉石は静かに微笑んだ。

「日本橋に大店を構える呉服屋、大和屋《やまとや》の大旦那であられる吟右衛門《ぎんえもん》どのですね。唐斎とはどんなご縁で？」

「唐斎には、儂《わし》が金を払ってやったことがある。うちのかみさんがあの藪医者を贔屓《ひいき》にしておるのだ。だから儂もかかってやったが、何なのだ、あの藪医者は！」

「ほう。やつが藪だと？」

吟右衛門は袂《たもと》から印籠《いんろう》を出すと、畳に叩きつけた。

「唐斎が寄越した薬を別の医者に調べさせた。それではっきりしたのだ。唐斎の出したものは薬にも毒にもならんとな！　儂はこの体を治せと言うたのに、何の薬効もないものを飲ませて金だけ巻き上げた。あやつは儂をこけにしたのだ！」

吟右衛門は激しく息切れしている。吟右衛門の背丈は玉石とさほど変わらないが、体の幅は倍もありそうだ。

玉石は吟右衛門に尋ねた。

「お悪いところをうかがってもよろしいか？」

「やかましい！　医者でもないくせに、余計な口を利くな！」

瑞之助は、自分が怒鳴られたわけでもないのに首をすくめた。

玉石は平然としたものだ。やれやれといったそぶりで首を振ると、淡々と述べた。

「疲れやすく、小便の回数が増えている。かぜをひきやすく、陰茎《いんけい》が萎え、極めつきはその怒りっぽさといったところか」

「わかっておるなら、治す薬を出せ！　さっさと治さんか！」

「吟右衛門どのは医術というものを勘違いしておられる。唐斎が匙《さじ》を投げたのも仕方ありませんね。医は仁術とは言ってもね、話を聞こうともせず、薬さえ飲めば治ると思い込んだ馬鹿の相手はしていられんのですよ」

言いすぎだ、と瑞之助は思った。

恐れたとおり、吟右衛門は激怒した。玉石を荒々しく突き飛ばすと、駄々をこねるように床を踏み鳴らした。

「ええい、気分が悪いわ！　覚えていろ、烏丸屋めが！　こんな診療所など潰してくれるわ！」

言い捨てて、吟右衛門は待合部屋から出ていった。

蛇杖院の玄関の上がり框《かまち》はごく低いのだが、そこを下りるの下りられぬのと、吟右衛門は騒いでいる。三和土《たたき》で待っていたらしい駕籠かきや下男が、吟右衛門の体を支えようとして慌てふためいている。

騒動が遠ざかるのを聞きながら、瑞之助はへたり込んだ。

赤子は泣き続けている。女中は青ざめて固まり、老婆は女中と赤子をまとめて抱き締めていた。

おうたが物陰から飛び出してきて、瑞之助に抱きついた。

「瑞之助さん、怖かったでしょ？　大丈夫？」

おうたは瑞之助の頭を撫でた。瑞之助はされるがままになっている。

いつぞや烏丸屋に使いに出たときと同じだ。見知らぬ人に怒鳴られ、悪意を向けられると、どうしていいかわからない。ただ呆然とするばかりの役立たずな自分が、嫌になる。

剣術で勝負をすれば、瑞之助が相手を圧倒できるだろう。瑞之助のほうが腕っぷしは強い。だから驚くことも恐れることもないはずなのに、いざ怒声をぶつけられると、体が動いてくれない。

診療部屋のほうから、真樹次郎が顔を出した。

「何だったんだ、今の騒ぎは。あんな尋常じゃない怒鳴り方をされたんじゃや、診療の障《さわ》りになる。病者が怯《おび》えたせいで脈が上がって、ついでに具合まで悪くなったようで、困ったもんだったぞ」

玉石はくすりと笑った。

「察しがついているとは思うが、唐斎が厄介ごとを持ってきたんだ。真樹次郎、腹を括っておけ。戦《いくさ》になるかもしれん」

うんざりした顔で、真樹次郎は吐き捨てた。

「またか。唐斎の野郎、自分の尻くらい自分で拭けよ」

昼餉のとき、瑞之助は真樹次郎に尋ねた。

「また、と言っていましたよね。唐斎さんのためにあんな騒動が起こることは、前にもあったんですか」

真樹次郎は、目のまわりを指で按摩《あんま》しながら答えた。

「あそこまで凄まじいのはあまりないが、ちょっとした騒ぎならしょっちゅうだ。唐斎を気に入らないやつも、蛇杖院のことが気に食わないやつも、ここへ文句をつけに来る。そのたびに矢面に立たされるのは、俺だ」

瑞之助は箸を置いた。青菜と削り節を混ぜ込んだご飯は彩りがよく、いかにもおいしそうなのに、口に運ぶ気が起きない。

「すみません、真樹次郎さん」

「なぜ瑞之助が謝る？」

「さっき、あの人が怒鳴り込んできたとき、私は何もできませんでした。真樹次郎さんの代わりに、私が矢面に立つべきだったのに」

真樹次郎は、ばっさりと断言した。

「おまえが矢面に立つ必要はない。そもそも、怒鳴られるのは医者の仕事ではない。さっきみたいな手合いは、どうしようもないんだ。人は大金や権勢を手にすると、何でも思いどおりになると勘違いするものらしくてな。万病を治す妙薬を求め始めたりなんかする」

「そんな妙薬、あるんですか」

「ない。あるわけがない。人の体は、一人ひとり異なる。一人ひとりの体とじっくり向き合って答えを導き出すことのほかに、医術の正道はない。飲んだ全員に同じ効果をもたらす薬があるなら、それは人を死に至らしめる毒だけだ」

瑞之助は真樹次郎の声を聞いているうちに、胸のあたりにあったつっかえが取れるのを感じた。怒鳴られた弾みで張り詰めていたものが、ようやく緩んできたようだ。

青菜の混ぜ飯を頰張る。削り節と醬油の味わいを引き立てるのは、生姜の香りだ。生姜は体を温め、喉や肺を潤すという。乾いた風の吹く秋にはもってこいの食べ物であり、薬種でもある。

真樹次郎は、昼はあまり食べない。小さな握り飯を一つ、口に押し込んだだけだ。それで十分らしい。眠るのも食べるのも、真樹次郎はちまちまと小刻みだ。眠りたいときに眠り、食べたいときに食べる。

瑞之助があらかた食べ終わるのを見計らって、真樹次郎は言った。

「さっきの男のことを話してくれ。どんなやつだった？」

瑞之助は袂から印籠を取り出した。吟右衛門が投げ捨てたまま、畳の上に転がされていたのだ。

「唐斎さんからこれを処方されたそうです。大金を支払ったのに、毒でも薬でもないものを飲まされていたと、ご立腹でした」

真樹次郎は印籠を受け取り、中の薬包を取り出した。色を確かめ、匂いを嗅ぎ、指先に取って舐めてみる。

「この味は、防風通聖散《ぼうふうつうしょうさん》だ。唐斎が処方したんだな？」

「はい。真樹次郎さん、今ので何の薬かわかるんですか」

「当たり前だ。味まで確かめれば、間違いようがない。防風通聖散は十数種もの薬種を配するから、ちょっとほかとは違う、込み入った味がするんだ。吟右衛門の体つきは、太っていただろう？」

「とても太っていました。ちょっとやそっとの太り方ではありませんでしたよ。駕籠も四人で担ぐものだったようですし、着物なんて反物《たんもの》を倍も使っていそうでした」

「どんな証が出たために医者にかかっていると聞いた？」

「疲れやすいこと、小便の回数が増えたこと、かぜをひきやすくなっていること、陰茎が萎えること、怒りっぽくなったこと、と玉石さんが言い当てていました」

真樹次郎は、つるりと顎を撫でた。

「なるほど。唐斎が吟右衛門に何を告げ、吟右衛門が何を怠慢として憤っているか、たぶんわかった。昼餉を食ったら、玉石さんと話しに行こう。次に吟右衛門が来るときに備えて、策を練っておくんだ」

三

戸というものは、横に引いて開け閉めするものだ。

木枠をこしらえる職人の技に、瑞之助は興味を抱いたことがある。無理を言って鉋《かんな》を使わせてもらい、いきなり上手にできてしまった。旗本のお坊ちゃんでなければ弟子入りさせたのにと親方が笑ってくれたのは、お世辞だけではなかったはずだ。

西の棟は、しかし、瑞之助が作ったことのある形とは大いに異なる。西洋式のこしらえなのだ。蝶番《ちょうつがい》を使って、前後に押し引きする。取っ手には、見たことのない意匠が刻み込まれている。

その戸を開け、瑞之助と真樹次郎が西棟の廊下に足を踏み出したところで、ぼそぼそと話す声が聞こえた。

「今さら真人間には戻れんよ。あっしは弱いのさ。何とでも言ってくれ」

唐斎の声だった。

瑞之助と真樹次郎は、思わず顔を見合わせ、息をひそめた。

唐斎に応じる玉石の声が聞こえた。先ほど吟右衛門と相対したときには冷静そのものだった玉石が、いくらか声を荒らげている。

「おまえがいつまでもその体たらくでは、あいつも浮かばれないぞ」

「これは驚いた。おたま、おまえさんは死後の世界なんてものがあると信じているのか？」

おたまというのが玉石の本当の名なのだろう。瑞之助は知らなかった。真樹次郎の様子をうかがうと、真樹次郎も驚いた様子で目を見開いている。

玉石は苛立っているようだ。

「唐斎、わたしはそんな話をしているわけではない。あれから十年経った。そろそろ吹っ切ったらどうなんだ？」

「手厳しいねえ。しかし、おまえさんだって吹っ切れちゃあいないんだろう。このまま独り身で、蛇杖院という道楽を続けて生きていくつもりかい」

「ああ、そのつもりだ」

「真っ当な生き方から外れちまってんのは、おまえさんも同じってことだ。女らしい生き方をするつもりはないんだな。おたまという名で呼ばれていた頃のおまえさんは、威勢はよかったが、もっとかわいらしかったのに」

「何とでも言うがいい」

聞いていられん、と真樹次郎がささやいた。真樹次郎はわざと荒々しく廊下を踏み、絨毯の上で無理やり足音を立てた。

玉石と唐斎の会話が止んだ。

瑞之助は慌てて真樹次郎に続いた。

戸を開けっ放しにした書庫に、玉石と唐斎はいた。真樹次郎は平静を装って、二人に言った。

「橋田唐斎、さっき、あんたの知り合いだという病者が怒鳴り込んできたそうだ。病者は、大金を巻き上げたくせに役立たずの薬を寄越したと憤っていたらしいが、心当たりはあるよな？」

　唐斎は貧乏徳利から茶碗に酒を注ぐと、がぶりと一息に呷《あお》った。

「大和屋の吟右衛門のことだな。あっしの手には負えなくなっちまったんで、真樹次郎、おまえさんに任せる。金はしこたま、ふんだくってくれていいぞ。吟右衛門は本当に金持ちだ」

　真樹次郎は眉間に皺を寄せたが、唐斎のふざけた口ぶりにいちいち激高したりはしなかった。真樹次郎は、知りたいことの要だけを淡々と問うた。

「あの病者に処方したのは、防風通聖散と献立か？」

「ご明察」

「防風通聖散は、どちらかというと気休めだな？　より重要なのは献立のほうだった。そうだろう？」

「大当たり。薬を寄越せとあんまりうるさいんで、一応は効くかもしれんものを出したんだが、あの体じゃあ気休めにしかならないだろうねえ。大事なのは食事だよ。人の体は、食ったものでできているんだ」

「あんた、それを病者本人にもきちんと説いたのか？」

唐斎はへらへらと笑った。

「どうだかねえ。まあ、あっしの診立てが正しいとは限らないからねえ。自分の手と目で病者を診て、それでようやく証に見合った処方にたどり着ける」

「当たり前だ。むろんそれをわかった上で、俺はあえて訊いている。こたびの病者、今日ここへ怒鳴り込んできたときの様子から察するに、まともに話が嚙み合わないかもしれない。だから唐斎、まじめに話をしてくれ」

唐斎は、しかし、ふんと鼻で笑っただけだ。真樹次郎の求めに応じず、瑞之助のほうへと顎をしゃくった。

「腰巾着《こしぎんちゃく》みたいにくっついてきたそいつ、引っ込めてくれよ。あっしは侍が嫌いなんだよ。同じ部屋にいるってぇだけで、気分が悪い」

瑞之助は頭を下げた。

「すみません。お邪魔しました」

唐斎にこれ以上厭《いと》われないよう、瑞之助は急いで立ち去ろうとした。が、真樹次郎が瑞之助の腕をつかんで引き留めた。

「こんなしょうもない言い掛かり、わざわざ真に受ける必要はない。唐斎、おまえの侍嫌いは知っている。しかし、もしもおまえの目の前に病で苦しむ侍がいたとしても、おまえは救いの手を差し伸べないつもりか？」

唐斎はあっさりと答えた。

「嫌いなもんは嫌いだからねえ。病者が医者を選ぶように、医者だって病者を選んでいいんじゃないか？　どうしてもその病を治してやりたいってぇ相手もいりゃあ、どんな大金を積まれても見殺しにしてやりたい相手だっているさ」

瑞之助の腕から真樹次郎の手が離れた。

その途端、瑞之助は不穏なものを察して、はっとした。勘は正しかった。真樹次郎が唐斎につかみ掛かろうとしたのを、瑞之助は後ろから抱きかかえて止めた。

「放せ、瑞之助！」

「できませんよ。落ち着いてください」

「どうしておまえは落ち着いていられるんだ！　医者が、治療を施す相手を選ぶだと？　唐斎、おまえ、何さまのつもりだ！」

真樹次郎はじたばたしたが、瑞之助よりも体の線が細い上、武術の心得がまったくない素人だ。瑞之助の腕から逃れる術がない。

唐斎はわざわざ真樹次郎のすぐそばまでやって来て、にやりと笑った。

「青くせえなあ。新李朱堂から爪弾《つまはじ》きにされたところで、ちっとも懲《こ》りていないと見える。おまえさん、なぜあいつらと喧嘩になったのか、まったくわかってねえんだろう」

新李朱堂という名を、どこかで聞いたことがある。

瑞之助は少し考えて、姉の和恵がその名を口にしたことを思い出した。江戸でも有数の大きな医塾で、二年あるいはそれ以上の時をかけてじっくりと医術を学ぶことができる、というような話だった。

真樹次郎はあのとき、新李朱堂の教えについて詳しいわけを、はっきりとは明かさなかった。唐斎の話を聞くに、真樹次郎も新李朱堂で学んでいたことがあるようだ。

唐斎に酒くさい息を吹き掛けられ、真樹次郎は顔をしかめた。

「目の前で病に苦しむ人がいるのを放っておけない。俺には、病者を快癒に導く力もある。俺はただ正直に、医者として振る舞っただけだ」

「薬を買う金もない病者に、ただで施しをすることが、真に正しい道だったのか。それをなすのは医者の役目か。おまえさん、そのあたりはどう考えているんだ」

「俺の金で病者に薬を買い与え、面倒を見てやったんだ。よそから薬を盗んで使ったわけじゃあない」

唐斎は、やれやれと首を振った。

「真樹次郎は大金持ちの医者一家のお坊ちゃんだからねえ。金勘定のことはちっともわかっちゃいないんだ。新李朱堂の秘薬の処方を勝手に解き明かして、そこいらの町医者にまで真似させちまったのも、金勘定に疎《うと》い世間知らずだったせいだが」

「あれは秘薬でも特殊な処方でも何でもなかった。そのくせ、新李朱堂に属する医者は、やたらと高い値をつけてあれを売っていたんだぞ。新李朱堂お抱えの薬種問屋との間で取り引きをして、必要以上に値を吊り上げていたんだ」

「おまえさん、その秘密を暴いた上で消されずに済んだのは、運がよかったよ。薬種は、売り方次第でいくらでも高値をつけられる。それを禁じる法はあるが、抜け道だらけさ。抜け道が潰されないのは、潰すべき立場の者が甘い汁を吸っているからだ」

真樹次郎は黙っている。じたばたするのもやめて、腕をだらりと垂らした。

玉石がため息をついた。

「よせ、唐斎。あまり真樹次郎をいじめるな。真樹次郎は頭がいいが、一方で、向いていないことをさせると、てんで駄目だ。だから蛇杖院で引き取った。ここにいる限り、金勘定の駆け引きや袖の下なんていうものに、真樹次郎は触れずに済む」

　唐斎はまた、へらへらと笑った。

「玉石もずいぶん甘くなった。それとも、真樹次郎の馬鹿正直なところがあいつを思い出させるからかい？」

　瑞之助はつい口を挟んでしまった。

「あいつ、ですか」

　唐斎が凄まじい目で瑞之助を睨んだ。玉石もぴしゃりと言った。

「昔のことなど、おまえに話すつもりはないよ」

　瑞之助は息を呑み、すみませんとつぶやいて、しおれるようにうなだれた。

　沈黙が落ちた。

　玉石が話を変えた。瑞之助と真樹次郎が西の棟を訪れた、もともとの目的の話だ。

「さっきの病者のことを教えよう。あれは日本橋の銀座《ぎんざ》のそばにある呉服屋、大和屋の大旦那である吟右衛門だ。わたしの家、唐物問屋の烏丸屋の上客でもある。こちらもあちらも、京との縁が深い商売だしな」

烏丸屋が京に出している店では、蘭方医術に用いる道具がよく売れているという。京は数百年来、進んだ医術の根づいた地なのだ。

玉石は続けた。

「今、大和屋を回しているのは倅夫婦《せがれ》だ。若いが、あの夫婦はよくできる。人当たりもよく、目利きも十分だ。大和屋の身代は安泰だろう。大旦那の吟右衛門がおとなしくしていれば、だがな」

唐斎が気だるげに付け加えた。

「吟右衛門があんなふうになっちまったのは、案外近頃のことさ。しょっちゅう怒って手がつけられないんで、取り急ぎ、隠居してもらうことにしたんだと聞いた」

真樹次郎は眉間に皺を寄せた。

「吟右衛門はずいぶん肥えているようだが、その体つきは昔からか?」

玉石が答えた。

「ここ十年といったところかな。吟右衛門は入り婿《むこ》だ。大おかみの父親、つまり吟右衛門にとっての舅《しゅうと》が目を光らせていた頃は、固太りという程度だった。十年ほど前、畳に座っていられんと言って、吟右衛門は椅子を求めに烏丸屋に来たんだが、そのときには、あんな体つきになっていた」

「いま一度確かめるが、人並み外れた肥え方なんだな？」

「ああ、人並み外れている。舶来の椅子は吟右衛門の重さに耐えられず、すぐに壊れた。長崎に職人をやって、殊更頑丈なものをあつらえてやったよ。先ほどは駕籠でここまで来たようだが、駕籠かきは大変だっただろう。神輿《みこし》を担ぐようなものじゃないか？」

真樹次郎は唐斎に向き直った。

「唐斎、あんたは幾度か吟右衛門を診たのか？」

「しっかり診てやったのは、ここ二月《ふたつき》くらいのことだ。大おかみが昔からあっしを贔屓にしてくれていてね。三年前と今じゃ比べ物にならんくらい、吟右衛門の気性が変わっちまったとお嘆《なげ》きだったんで、吟右衛門を診てやることになったんだよ」

真樹次郎はうなずき、短く問うた。

「目は？」

　まるで符丁のようだった。唐斎は答えた。

「かなり霞《かす》むらしい。白目に斑《はん》があるから診てもらえと、そう愛娘に言われたから、吟右衛門はようやく医者を呼ぶのを許したそうだ」

「背中や足に疽《そ》は？」

「今のところ、まだない。まあ、気になるのはそこだよねえ」

「ひとまずわかった。少し調べ物をする。書庫の本を借りるぞ」

　真樹次郎は言うが早いか、書棚に歩み寄った。探したり迷ったり、というそぶりはない。どこに置かれたどの本が必要なのか、話を聞いている間に、すべて頭にひらめいたのだろう。

　まるで何もかもわかっていたかのような顔をして、日和丸が、真樹次郎の向かう先の書棚にいた。湿ったところに住むはずの蛇だが、書物がまとう乾いた匂いが殊の外、好きなのだ。

　瑞之助は日和丸の細い体を指先で撫でてやってから、真樹次郎を手伝って、書物を両腕に抱えた。

四

瑞之助は真樹次郎に連れられ、診療部屋に入った。

診療部屋は、何の変哲もない畳敷きの六帖間だ。病者を寝かせるための布団は、今は部屋の隅に畳んである。

吟右衛門に遭遇した老婆が帰った後は、誰も蛇杖院を訪ねてきていない。真樹次郎が瑞之助を診療部屋に招いたのは、ここにいるときだけは下働きの仕事に駆り出されずに済むからだ。

真樹次郎は瑞之助に告げた。

「こたびの騒動には、瑞之助もすでに巻き込まれている。せっかくだから、学びの機会としよう。俺が調べ物をする間、瑞之助はここで読書をしておいてほしい」

「読書ですか。何を読めばいいんでしょう？」

真樹次郎は、書庫から取ってきた本の一冊を瑞之助に差し出した。

それは医書ではなかった。唐土にかつて存在した唐王朝の歴史を記した公文書、『旧唐書《くとうじょ》』である。

きょとんとする瑞之助を前に、真樹次郎は言った。

「吟右衛門の人並み外れた肥え方と目の霞み、そして気性がひどく変わったという話を聞いて、俺はある病を思い出した。瑞之助、安禄山《あんろくざん》を知っているか？」

瑞之助は記憶をたどった。

「唐代随一の逆臣ですよね。玄宗《げんそう》と楊貴妃《ようきひ》の頃の人で、そうだ、国を引っくり返す乱を起こした人です。楊貴妃に入れ込んで隙だらけになった時の皇帝、玄宗から国を簒奪《さんだつ》し、一時は自ら皇帝を名乗って、年号まで作りました」

「上出来だ。では、『旧唐書』で安禄山の項目を読んでおけ。安禄山が何をなした者かをすでに知っているなら、乱の経緯については注目しなくていい」

「それでは、どのような読み方をすればいいんですか」

「実は、安禄山も病者だったんだ。ある時期から、病の証が際立って明らかになっていく。そのあたりに気をつけながら、読んでみてくれ」

瑞之助は、いま一つわからないまま、うなずいた。

唐の国を足掛け八年にわたって揺るがす大乱が起こったのは、一千年以上も昔だ。唐の国の暦《こよみ》で言えば、天宝《てんぽう》十四年（七五五年）の冬十一月のことだった。

安禄山は、漢人の住む地域よりはるか西の、街道沿いの町に生まれたという。もともとは、いくつもの異国の言葉が交わされる市場で通詞《つうじ》をしていた。それがあるとき、漢人の将軍に取り立てられて従軍したところから、安禄山の出世が始まった。

機転が利いて、人の懐に入り込むのがうまい。武勇に優れ、軍略にも長《た》ける。その上、異国の言葉や習俗をいくつも解している。安禄山はあっという間に、漢人の国の軍人として、のし上がっていった。

「歴史は勝者が語るもの。だとすれば、もしも安禄山の乱が成功して、そのまま燕《えん》という国が長く続いていたら、安禄山は優れた英雄にして国の祖として、名を残したかもしれないんだな」

瑞之助はぶつぶつとつぶやいて、反故紙に筆を走らせた。大切だと思うところを拾って記しながら、『旧唐書』の安禄山伝を読み進めていく。

安禄山は病者だった、と真樹次郎は言った。そういう点を気に掛けてみると、見えてくるものがある。

「若い頃の安禄山は上役に好かれるために、敢えて飽食せず、とある。本当は食べることが好きで、際限なく食べていたのだろうな。後年になると、ますます太った。そのときの重さが、三百三十斤か。今で言えば、五十二貫か三貫というところかな」

並の男より上背があり、そこそこ鍛えた体つきの瑞之助が十七貫ほどだ。力士でも二十五貫くらいと聞いたことがある。

体が重くなれば、重さを支える膝や腰に痛みが来やすい。痛み止めの薬をほしがる病者に、真樹次郎が「まず痩せろ」とすげなく言い放つところを幾度か見た。

安禄山は人並み外れて体が大きかった。腹が膝より垂れ下がっているほどだ、という一文は、さすがに大げさだろう。が、何にせよ、ずいぶん肥えていたようだ。

それほどの巨漢であっても、安禄山は機敏に動けたようだ。胡旋舞《こせんぶ》という異国の舞を得意とし、その動きは風のごとく素早かったとある。軍を率いたときの戦いぶりも、猛々《たけだけ》しく凄《すさ》まじい。

しかし、燕と号して国を建てた頃から、様子ががらりと変わってしまう。

〈禄山は体肥ゆるを以《もっ》て、長らく瘡《そう》を帯ぶ〉

そう書かれた一節からが、安禄山の病の証の記述だ。太っているために、長いこと、できものを患っていた、という意味だ。

〈造逆の後に及びて、眼は漸《ようや》く昏《くら》み、是《ここ》に至りて物を見ず〉

こちらの一文も、前文の「体肥ゆるを以て」に掛かっていると考えられる。安禄山は、乱を起こした後になると、目が霞んで視界が利かなくなり、やがて、ものが見えなくなった。

〈又、疽疾《そしつ》を著す〉

悪性のできものの病が発症した。疽とは、骨肉を腐らせるできものである。一度腐ってしまえば、もとには戻らない。手足の先に疽疾が現れたときは、腐ったところから毒が回らないよう、切り落とさねばならないこともある。

安禄山の病について記した文は、次のように続いている。

〈疾を以て躁急《そうきゆう》を加え、動くに斧鉞《ふえつ》を用いる〉

「これはつまり、病のせいでひどくせっかちになった、ということかな。この場合の斧鉞は武器ではなく、重罰のことだろう。そうだとすると、病が進んだために気性が荒くなって、残酷な仕打ちをするようになった、というわけだ」

病がさらに進んだらどうなるのかは書かれていない。

安禄山は、ほどなくして殺された。息子や側近らによって、寝所で腹を裂かれたのだ。襲撃を受けたときには目が見えない様子だった、と記録にある。

父親や主君を殺《あや》めるのは大罪だ。しかし、命令ひとつで人を殺すことのできる地位の者が病によって我を失い、暴走してしまったら。止めるにはただ刃を以てするのみと、息子や側近らが覚悟を決めたのだとしたら。

そして、そんな末期を迎えた安禄山の病を、吟右衛門の病に重ねて思い出した真樹次郎の内心に思い至り、瑞之助はぞっとした。

「吟右衛門さんの体、治してあげることはできないんだろうか?」

ちょうどそのときだ。

診療部屋の戸が開いた。真樹次郎が、いくらか硬い顔をして立っていた。

「奴さんがおいでなすったそうだ。安禄山伝は読めたか?」

「はい。安禄山の乱のことは聞いたことがあっても、病者としての安禄山のことは知りませんでした。真樹次郎さんは、史学もできるんですね」

真樹次郎は、ほんの少し微笑んだ。

「史書を読むのが好きなんだ。『旧唐書』のような本を読んでいると、ふとした弾みで、大昔の人も肉の体を持って生きていたのだと、手に取るようにわかることがある」

「安禄山の病のように、ですか？」

「ああ。史書を見ながら、やまいだれの字を探すんだ。そうすると、案外、病やけがについて書き留められていることに気がつく。俺は思いを巡らせるんだ。どんな治療を施せば、そいつはもっと生きられたんだろう、とな」

夢を見るように目を閉じた真樹次郎は、すぐに、きっぱりと目を開けた。

真樹次郎は瑞之助に、一冊の本を手渡した。『黄帝内経』である。初めに学ぶべき基本の医書の一つだが、瑞之助はまだ十分に読み進めていない。

「これを持っておけ」

「わかりました。あれ？　ここに紙が挟まっていますが」

「栞《しおり》だよ。この節が重要なんだ。俺と唐斎の診立てが、ここに書かれている。それから、瑞之助。用心のために刀を差してこい」

瑞之助の刀は、長屋の部屋の刀掛けに横たえてある。湯屋に出掛けるときは身だしなみとして腰に差すが、それだけだ。蛇杖院に来る前も来てからも、敵前で刀を抜き放ったことなど一度もない。

「真樹次郎さん、荒事《あらごと》になってしまうんですか？」

「そうならんことを祈るが、そうなってもおかしくない。安禄山の病については、今読んだだろう?」

「はい。正気を失ったかのように、残酷な振る舞いをしていたようですね。でも、あの、吟右衛門さんの病は、本当に安禄山と同じなんですか?」

「その見込みが強いと、今のところ、俺は思っている。実際に吟右衛門を診た唐斎も、そう診断した」

「安禄山が患っていた病は、本当に恐ろしいものです。次々と体に現れた証はもちろん、病のせいで我を失ったまま死ななければならなかったことも、恐ろしいです。真樹次郎さん、私は、吟右衛門さんの前で刀を抜くことになるんですか?」

真樹次郎はかぶりを振った。わからない、と言うときの仕草だ。

「相手は、病によって人が違ってしまっているかもしれない。何が起こるかわからないんだ。俺を守れとは言わん。だが、おうたが巻き込まれたらどうする? おまえは、生まれも育ちも侍なんだ。いざというときには、弱い者を守ってやってくれ」

おうたの名を出されると、瑞之助はうなずくよりほかになかった。

「わかりました」

「怯《ひる》むな。毎朝、蘭方野郎と稽古をしているじゃないか」

瑞之助は黙って立ち上がり、長屋へ走った。

襷《たすき》を掛けて大小の刀を腰に差す。抜かねばならないかもしれないとわかると、刀はひどく重たかった。

五

瑞之助と真樹次郎が表に出ると、吟右衛門は門前でふんぞり返っていた。駕籠から降りたその場に椅子を出し、そこに掛けて、「誰か出てこい！」と大声で呼ばわっていたのだ。

吟右衛門の傍らに、三人の男がいる。一人は、禿頭《とくとう》ででっぷりと太った医者だ。年の頃は四十といったところだろう。

別の一人の男と目が合った途端、瑞之助は身構えた。

「大沢どの……」

一月ほど前、日本橋瀬戸物町で瑞之助に声を掛けてきた男だ。北町奉行所の定町廻り同心だと言っていた。大沢の後ろで影のように控えているのは、あの日も姿を見せた目明かしだ。

大沢もまた、瑞之助に気がついた。鋭く光って見える三白眼《さんぱくがん》が、嘲《あざけ》るように細められた。

「ほう、見習いが逃げもせず、まだこんなところにしがみついていたのか」

そのとき、ちょうど玉石も表に出てきた。玉石は大沢とは顔見知りのようで、軽く会釈をした。それから、瑞之助に問うた。

「あの人といつ知り合ったんだ？」

「一月ほど前、烏丸屋へ使いに出たときに、少しお話しさせていただきました」

瑞之助の遠回しな言い方を、大沢は鼻で笑った。

見物人が集まっていた。とびきり大きな駕籠に乗った吟右衛門はもちろん、医者も駕籠だったし、定町廻り同心の大沢が一緒だったのだ。おかげで、一行はたいそう目立った。しかも一行は蛇杖院に向かっている。これはおもしろいかもしれんぞと、見物人がぞろぞろとついてきたのだった。

真樹次郎が気負いもなく進み出た。

「先ほどは別の病者の診療に当たっていたが、俺が蛇杖院の漢方医、堀川真樹次郎だ。診療を望むなら、中に入ってもらおうか」

「誰が入るか！　中でいかがわしい呪術をやっていると噂だ。儂は騙《だま》されんぞ！」

ひとしきり怒鳴ると、吟右衛門はすでに肩で息をしていた。

傍らの医者が何事か吟右衛門に耳打ちした。

吟右衛門は眉を吊り上げた。

「そうか、おまえが堀川真樹次郎、江戸じゅうの医学塾で出入り禁止になった鼻つまみ者か！　そんな藪医者の診療なんぞ受けるものか！」

真樹次郎は、うんざり顔である。

「だったら、あんたは何をしにここへ来たんだ」

「橋田唐斎を出せ。あの者が儂に処方した薬は偽物だ！　まずい飯を押しつけおって、儂の菓子をどこに隠した！」

菓子と聞いて、噴き出す者があった。親の仇《かたき》を前にしたかのような剣幕《けんまく》の吟右衛門には、確かに似合わぬ一言ではあった。

真樹次郎はずいと吟右衛門に近寄った。止める間もなく、肉に埋もれた目をのぞき込む。手首を取って脈を按じようとしたのは失敗に終わった。

ぼそりと言うと、吟右衛門が動いた。腕を振り回して、真樹次郎の顔を打ったのだ。

「脈、どこにあるんだ」

真樹次郎はじろりと睨んだ。が、淡々と診療を続けた。

「舌を出してみろ」

禿頭の医者が割って入った。

「江戸随一の鼻つまみ者が、吟右衛門さまの体に気安くさわるんじゃないよ」

「病者がいれば救ってやりたいと思う。それが医者だろう」

「あんたじゃ力不足だ。新李朱堂の免許皆伝も許されなかった上に破門にされた身で、何をえらそうにしているんだ」

真樹次郎は冷ややかな目で医者を見た。

「あんたこそ何者だ」

「吟右衛門さまのかかりつけの、玄榻《げんよう》と申す者。新李朱堂で免許を受けた。あんたとは違って、きちんと認められたんだよ」

「俺はあの医塾であんたを見掛けたことはないぞ。あの医塾、四年か五年かけて免許皆伝を受ける者が大半だ。独り立ちを許されてからも、何かと医塾に集まっていた。俺は、ごく幼い頃から三年前まであそこに出入りしていたが、あんたと会うのは初めてだな」

　玄榻の顔が、かっと赤くなった。

「あ、あんたがいたのとは違う塾があるんだ！　免許だってもらえる。きちんと、新李朱堂の流れを汲んだ塾なんだぞ」

「わめくな。どこの医塾だろうが、どうでもいい。それで、あんたはいつから吟右衛門を診ている？」

「この五年ほどだ」

　真樹次郎は鼻を鳴らした。

「五年も診ていて、なぜ吟右衛門の暴食を止めなかった？　あんた、何をしていたんだ？　今なぜこの人がこんなに危うい証を呈しているか、五年もの間、あんたはちっともわかっていなかったのか！」

　真樹次郎は次第に声を荒らげた。吟右衛門と玄榻がびくりとするほどの気迫だ。

　玄榻はしどろもどろになった。

「ぼ、暴食とは人聞きが悪い……手前は、栄養のあるものを召し上がるようにと、吟右衛門さまに申し上げただけで」

「食療と暴食の区別もつかんのか？　滋養によいもの、強壮に効くものがすべて人の体によい働きをなすわけではない。そんなこと、医術のいろはのいだろう。もう一度訊くが、あんた、本当に新李朱堂の流れを汲む医者か？　あの医塾は今、ここまで堕落しているのか？」

さっき赤くなった玄楊は、今度は青くなった。

大沢が面倒くさそうに顔をしかめた。

「この茶番は何だ？　玄楊、てめえ、言ったよな？　自分のお得意さんが蛇杖院の医者に騙されて困っている、と。しかし、聞いていた話とはどうやら違うようだ。てめえは俺を謀《たばか》ったのか？」

睨まれた玄楊は、ひっと悲鳴を上げて後ずさった。

「滅相《めっそう》もございません」

「俺は確かに、蛇杖院を嫌ってらあ。しかしな、てめえのような胡散《うさん》くさい嘘つきも嫌いだ」

玉石がやんわりと笑い、大沢と玄楊の間に入った。

「大沢さま、茶番と言わず、しまいまでご覧になればよろしゅうございますよ。

医術と称して人をたぶらかす者は、江戸のあちこちに現れております。悪評判も、蛇杖院だけのお家芸ではありませんのでね」

真樹次郎は瑞之助を振り向いた。

「瑞之助、安禄山はどんな姿をした男だった？」

「五十二貫余りの巨漢でした」

「大柄な力士の倍の重さだな。さて、安禄山は病者だったが、どのような病を患っていた？」

「肥えたことで病を招き、目が見えなくなり、せっかちになって人を虐《しいた》げ、体に悪いできものが現れたと書かれていました」

吟右衛門がぶるりと肉を震わせた。稀代《きたい》の逆臣の名を知っていたのだろう。安禄山の目方を聞いて、なぜ今ここで安禄山が話に出てきたのか、吟右衛門にもわかったのだ。

真樹次郎は言った。

「瑞之助、さっき預けた『黄帝内経』の四十七節、奇病論を開け。おそらく安禄山の病は、ここに書かれている消渇《しょうかち》だったはずだ」

指図を受けた瑞之助は、慌てて懐から『黄帝内経』を取り出した。栞の挟まれたところをめくると、真樹次郎の言うとおり、消渇という病についての短い記述がある。

　瑞之助は文に目を走らせた。

「消渇というのは、要するに、飽食が引き起こす病なんですね。肥《ひ》と甘《かん》が脾《ひ》に悪い気をため込み、五味の中でも甘が体の中で際立って、そこからあらゆる均衡が崩れてしまう」

「脾とは、食物の消化に関わる臓器のことだ。食べ過ぎることで脾を無理に働かせ続けると、消渇は引き起こされる。それを治すには蘭を薬に処方するのがよいと、『黄帝内経』には書かれている。それと同時に、飽食をやめることだ」

「もしも飽食をやめなかったら？」

「むろん、消渇の病がどんどん重くなる。そうすれば、さらなる病邪を次々と招き寄せることになる」

　玄楊は腕を振り回した。

「か、勝手なことを言うな！　吟右衛門さま、このような無礼な者らの言うことは聞かんでよろしいのです！」

　真樹次郎は声を上げた。

「無礼はあんただろう！　苦しむ病者に偽りを告げて平然としているとは、医者の風上にも置けん野郎だな」

「何を……何と、無礼な。て、手前は『傷寒論』のとおりに、消渇の治を施したんだ。あの藪医者がいきなり現れて消渇と診断して、でたらめな薬を処方していった。あれは、診立て違いだ。手前はその尻拭いをしてやったんだぞ」

真樹次郎は玄楊に詰め寄った。

「尻尾を出したな、この素人めが！　確かに『傷寒論』には、消渇は飢えても食べることのできん病だと書いてある。その治は滋養をつけることだ。しかし、それが錯簡《さっかん》であることは古くから指摘されていた」

「錯簡だと？」

「張仲景が『傷寒論』を記したのは漢の頃、今から一千六百年も昔だ。その頃は竹簡を綴じて書物にしていた。巻いて保管しているうちに紐《ひも》が切れてばらばらになり、あちらとこちらが交じることはよくあった。そのことを錯簡と呼ぶ。ゆえに後世の医者は必ず校勘《こうかん》をおこない、誤りを正しながら知を積み上げてきたんだ」

「では……では、あの消渇の条は……」

「おまえが『傷寒論』で見たという消渇は、正しくは厥陰《けついん》だ。これはまったく別の病だぞ。『黄帝内経』の消渇の記載は短いが、唐代に著された『外台秘要《げだいひよう》』には詳しく載っている。『外台秘要』によれば、消渇が飽食と関わりが深く、肥と甘が誘因であることは明らかだ」

玄楊が言葉を失う隙に、真樹次郎は畳み掛けた。

「あんたは確かに『傷寒論』だけは読んだかもしれん。これさえ読めばよいと教わったか？　よほどじっくりと読んだんだろうな。おかげで、ひどい思い込みをするに至った。もう少しだけきちんと学ぶ心づもりがあったのなら、こんなしょうもない誤りをなさずに済んだものを」

「馬鹿な……」

「それは俺のせりふだ。噂に聞いたが、新李朱堂の弟子筋が二月で医者の免状を与える医塾を開いて金儲けをしているらしい。せこい話だ。だが、格好をつけるためにそれを利用する輩《やから》もわんさかいる。おまえのようにな！」

「いや、それは……ま、学んだ！　新李朱堂の枝に連なる塾で、この本さえ読めば、一足飛びに名医になれると……」

「語るに落ちたな。一足飛びなど、あってたまるものか。医術の基本は臨証応変だ。病者の体に現れた証に臨んで、応《まさ》に処方を変えるべし。吟右衛門の体に鑑みれば、『傷寒論』の錯簡に気づけたはずだ。何が正しい治療か、書物に頼りきりにならずとも、自分の頭で判じることができたはずだ！」

玄樹はあまりに血の気が引きすぎたのか、もはや顔色が白っぽい。

真樹次郎は玄樹の襟をつかむと、その目をのぞき込んだ。

「消渇を患う者は、血脈の管が傷むものだ。目には、細かな血脈が集まっている。目の中に血の点が現れるのも、消渇によって血脈が病んできたせいだ」

「な、何を」

「あんたも飽食のご相伴《しょうばん》にあずかっているんだろう。何かと甘い汁を吸っている。違うか？　人に取り入るのがさぞかし上手なんだろうな。だが、思い上がるなよ。俺は、あんたみたいな、医者の格好を真似た屑《くず》がいちばん嫌いだ」

真樹次郎は玄樹を突き放した。玄樹はぶざまに引っくり返る。瑞之助は慌てて真樹次郎の肩を押さえた。

「駄目ですよ。こっちから手を出してしまったら、立場が悪くなります。廻り方の大沢どのもご覧になっているのですから」

真樹次郎は音高く舌打ちをして黙り、握った拳を引っ込めた。

吟右衛門は玄楊を見下ろすと、真樹次郎を見た。表情がわかりにくい。頬がこわばっているようにも見える。

「儂は、病なのか……?」

吟右衛門は呆然とつぶやいた。

真樹次郎は答えた。

「病だ。きちんと向き合わねば命が危ない。だが、今ならまだ引き返せるかもしれん」

「本当に、病なのか?」

「信じられんなら、試してみるといい。小便を皿に取って、外に放っておく。蟻や蜜蜂が寄ってくるだろう。あんたの体にたまった甘が小便に染み出すせいだ。まあ、手っ取り早いのは、舐めてみりゃあいいが」

見物人がどよめいた。そんな病があるのかと、不安がっている。

まわりの声に代わるつもりで、瑞之助は真樹次郎に問うた。

「粗末なものを食べるしかなくて、痩せて病になる人はよくいます。でも、逆に、よいものをたくさん食べていても、病になってしまうんですか。安禄山は人が変わったように暴虐な振る舞いをしていた。それも病のせいだったんですよね？」

真樹次郎はきっぱりとうなずいた。

「譬《たと》え話をしようか。瑞之助、おまえは俺を抱えることができるか？」

「できますよ。真樹次郎さんは私より軽いでしょう」

「だったら、そこの腐れ禿げは」

「玄樹さんのことですか？　工夫すれば担ぎ上げられるとは思いますが、ちょっと重たいでしょうね」

「吟右衛門を一人で背負うのは」

「自信がありません。背負って支えるより先に、脚が潰れてしまいそうです」

瑞之助が率直に言ったのを、まわりが笑った。

真樹次郎は笑わず、話の核心に迫った。

「人の体には、支えるにも限りがある。人を抱えるという話なら、目に見えるし、思い描きやすくもあるだろう。目には見えんが、臓腑や血脈も同じだ。脾は際限なく水穀を消化できるものではない。無理がたたれば、病んでしまう。血脈にだって限りがある。無茶を続ければ、破れたり詰まったりする」

「では、吟右衛門さんが患う消渇という病は、臓腑や血脈が限りを超えてしまったために起こった、ということですか」

「そのように考えれば、筋道が通るだろう」

「治す方法はありますか」

「肥えた体をすぐに痩せさせる薬はない。だが、時をかけて崩れた均衡を、また時をかけてもとに戻すための方法が、いにしえから積み重ねられている。それが漢方医術だ。漢方医術の知を世に広め、人の役に立てるのが、俺のような漢方医の役目だ」

一同はいつしか、しんとして聞いていた。彼らをぐるりと見やった真樹次郎は、玄暢を睨み、最後に吟右衛門を見た。

「あんたが少しでも長生きするためには、まずは目方を落としてもらおう。せめて脈が取れるくらいにまでなってもらわんと、俺は正しい診療ができん」

吟右衛門はぼそぼそと問うた。

「儂は、何をすればよいのだ……？」

「橋田唐斎の処方に従えばいい。飲んだくれの唐変木《とうへんぼく》だが、医者としての腕は悪くない。唐斎の診立ては正しかった。唐斎が献立を寄越しただろう？　漢方医術に則った、体をいたわる献立だ。あれを使うといい」

吟右衛門はうなだれた。先ほどまでの怒鳴り散らしようとは裏腹に、ひどく沈《ちん》鬱《うつ》な様子だ。

大沢は懐手《ふところで》をして、帯から抜いた十手《じって》を巻羽織の内側でいじくり回していた。退屈そうな目を、もはや真樹次郎にも玄楊にも向けようとしない。

「茶番は終わったのか？」

玉石が大沢に包みを差し出し、にっこりと微笑んだ。

「手間をおかけしましたね。うちの真樹次郎は口こそ悪うございますが、根はまっすぐで腕がいい医者です。吟右衛門どのの命を案じたゆえの言動、おわかりいただけたでしょう？」

大沢は鼻を鳴らした。

「堀川真樹次郎か。疫病神のような男だと聞いていたが、つらを見たのは初めてだな。男前じゃねえか。いけ好かねえ」

真樹次郎が怪訝そうな視線を大沢に向けた。一瞬だけ、大沢は火花を散らすように強い目をして真樹次郎を睨み、すぐに顔を背けた。

大沢が顎《あご》をしゃくると、目明かしがさっと進み出て、玉石の手から包みを受け取った。ちゃり、と硬いものが鳴る音がした。黄金色のものが入っているのだろう。

　目明かしは大沢に包みの中身を確かめさせようとしたが、大沢はぷいとそっぽを向いた。

「くだらねえ。俺は帰る。廻り方は暇《ひま》じゃねえんだ」

　大沢が踵《きびす》を返したのを合図に、見物人も去っていった。玄楊も、思いがけず素早い動きで、見物人と共に逃げ去った。

　瑞之助は吟右衛門に手を差し伸べた。

「立てますか」

　吟右衛門の丸々とした手が瑞之助の手を取った。

　瑞之助は吟右衛門の手を引っ張ったが、それだけで立たせてやることができなかった。肩につかまらせたり、帯をつかんで持ち上げようとしたり、あれこれやってみた。だが、吟右衛門はなかなか立ち上がれない。

　そばで見ていた真樹次郎は、呆れながらも手を貸した。それでも吟右衛門は、どっかと椅子に座ったままで動けない。

　しまいには、駕籠かきたちも手伝った。それでようやく吟右衛門を椅子から立たせ、駕籠に乗せることができた。

うつろな顔をした吟右衛門は、ぽつりと言った。

「世話になった」

瑞之助は不安になった。このまま帰してしまって、病が悪くなったらどうするのか。

だが、真樹次郎も玉石も、それ以上は何も言わなかった。駕籠かきが威勢のいい掛け声を上げて、吟右衛門を運んでいった。

どうした、と玉石が瑞之助に問うた。

「すっきりしない顔だな、瑞之助。気に食わんことでもあったか？　大沢に賂《まいない》を贈ったのが嫌だったか？」

「いえ、そういうわけでは……玉石さんは必要なことをしただけですよね」

「そうだな。奉行所に目こぼしをしてもらったほうが、何かと都合がいい。大沢は若いが腕利きで、油断のならない男だ。蛇杖院を潰せという声は方々から上がるようなんだが、あいつは裏でそうした声の大きさを操ることができるらしくてな」

「大沢どのに付け届けをすることが、蛇杖院を守ることになるのですか？」

「あいつとつながりを持っておきたい。お互い、腹の中はどうあれ、面と向かってやり合うつもりはないよ。あれは、そのために必要な金だ。まあ、真樹次郎は目くじらを立てるが」

　真樹次郎は、じろりと玉石を睨んだ。

「見ていて気分のいいものではない」

「それがどうした？　金勘定がわからん真樹次郎には、あれこれ言われたくないものだ。なあ、瑞之助？」

　水を向けられた瑞之助は、言葉を選びながら玉石に答えた。

「私は今日、いろいろなことを考えたんです。私は、病の恐ろしさがまだ十分にわかっていないんだと思います。体を壊すだけでなく、人柄が変わってしまう病もあるんですね。そのことを知って、恐ろしく感じました」

　玉石がすんなりした指先で、こめかみをとんとんとつついた。

「人柄というのは、脳が司る働きによって生まれる」

「脳？　人柄は、頭に宿っているのですか」

「腹や胸に心や魂《たましい》があると言う者もあるが、すべては脳だよ。医神アスクレピオスが崇められた太古のギリシャの頃から、脳こそが人の心と体のあらゆる働きを司るとする説があった。その説は、腑分けの技が熟するにつれ、より支持されるようになってきている。その脳が正しく働くためには、漢方で言うところの血と気と水が、脳にきちんと送られる必要がある」

「血と気と水がおかしなことになったら、体の中の流れが止まり、脳がうまく働かず、人柄も変わってしまうんですか？」

「そういう病もある、と言われている。しかし、困ったものだよ。わたしたちの目には、人の体の中身が見えんのだ。切り開いて見る技もあるが、それもまた命懸けの傷をなすことになる。結局、まだまだわからんことばかりというわけだ」

蘭方医の登志蔵がここにいれば、より詳しい話を聞けたのかもしれない。玉石は、それ以上は語ろうとしなかった。

真樹次郎は大きく伸びをすると、門の中へと入っていった。と、すぐそのあたりに唐斎が隠れていたようだ。

「おい、あんた！　そこで見物していやがったのか！」

真樹次郎が声を荒らげるのを、唐斎がへらへらしながらいなしている。そんなやり取りが聞こえてきた。

玉石は懐手をして、ゆっくりと門の中へと歩いていく。

瑞之助は、真樹次郎から預かった『黄帝内経』に視線を落とした。擦り切れそうなほどに読み込んだ痕がある。

玉石が立ち止まり、振り向いた。

「瑞之助、おまえはこの蛇杖院の医者になりたいんだな？」

念を押すような言葉に、瑞之助はうなずいた。

「はい。この蛇杖院で、真樹次郎さんのような医者になりたいと思っています」

「真樹次郎のような、では駄目だ。己自身の目指すものを持たなくては。そうだな。初めの医書の素読を終えるまでのうちに、瑞之助が医者として果たすべき大願を見つけるんだ。見つけられなければ、おまえをここに置き続けることはできない」

「果たすべき大願……」

「いろいろと考えてみるといい。年明けまでは待てる」

玉石は前を向いて、行ってしまった。

瑞之助はしばし立ち尽くしていた。

真樹次郎にとっての果たすべき大願は、瑞之助も聞いたことがある。誰にでもわかりやすく、誤りがなく、当世の医術に即した医書をしたためることだ。真樹次郎が瑞之助に医術の指南をしてくれるのは、真樹次郎自身が果たすべき大願のためでもある。

　ふと、軽くて少したどたどしい足音が、瑞之助のほうへ駆け寄ってきた。

「瑞之助さん！」

　おうたである。おうたは元気よく、門から飛び出してきた。蛇の紋の提灯のそばを通るときだけは、ぎゅっと目を閉じていた。

　瑞之助はしゃがんで、おうたを抱きとめた。

　おうたは伸び上がって、瑞之助の頭を撫でた。

「瑞之助さん、よくできました。瑞之助さんと真樹次郎さんが、怖い人をやっつけてくれたんでしょう？」

「私は何もしていないよ。真樹次郎さんが格好よかったんだ」

「ううん、瑞之助さんもえらかったよ。うた、怖くてお外に出られなかったもの。でもね、あのね、怖くないようにって、おけいばあちゃんがお芋をふかしてくれたよ」

「お芋かい。私のぶんもあるかな？」

「あるよ。うたと一緒に食べよう」

　小首をかしげるおうたを、瑞之助は抱え上げた。前に登志蔵がやっていたのを真似て、おうたを肩車する。おうたは、きゃあ、と嬉しそうな声で笑った。

蛇の紋をあしらった提灯が、急に強く吹いた風に揺れた。蛇がこっちを向いたので、おうたは小さな悲鳴を上げた。

提灯の蛇腹で少し歪《ゆが》んで見える蛇は、瑞之助の目には、恐ろしげには映らない。むしろ、西洋の医神の杖に巻きついた蛇は、愛敬《あいきょう》たっぷりに笑っているように見えた。

第三話　人参騒動

一

それは初めて登志蔵の部屋に招かれたときのことだった。

瑞之助は気圧《けお》され、度肝《どぎも》を抜かれた。壁という壁にしつらえられた棚には、目にするまで思い描きもしなかったものが並んでいたのだ。

「俺の蒐集品《しゅうしゅうひん》はどうだい？　おもしろいだろう。特に、これなんか、すごいと思わないか？」

登志蔵は得意げに眼球の模型を取り出した。

瑞之助は、ごくりと唾《つば》を呑み込んだ。

「これは模型ですよね？」

「本物に見えるか？」

「暗がりで見たら、本物に見えてしまうと思います」

「本物にしちゃ、でかすぎる。とはいえ、なかなかよくできた模型だ。ほら、こうやってばらばらにすると、わかるだろう？　眼球の中身まで作り込んであるんだぜ」

何がどう恐ろしいと、言葉では表せない。しかし、恐ろしいものは恐ろしい。瑞之助は固まってしまい、声も出なかった。

眼球とは、その名のとおり、本当に球の形をしている。模型によると、頭骨の内側に嵌《は》まっている箇所が案外大きいらしい。こんなものが、こぼれ落ちることもなく、まぶたの奥にあるのだ。

黒目の中にある瞳は、明るいところでは小さく、暗いところでは大きくなる。その動きは、眼球の中にある細く小さな筋が縮んだり伸びたりすることによって生じるものだという。

「目の病は蘭方医の領分なんだ。眼球の手術のときは、瑞之助も治療部屋に呼んでやるぜ。この模型は、病のない眼球だ。病や傷を持つ、生きた眼球がどんな見てくれをしているか、この模型と見比べると、学びが多いぞ」

登志蔵が目を輝かせて語ることは至極真っ当だ。が、その手に乗った目玉にぎょろぎょろと見つめられながら話を聞くのは、居心地のいいものではない。見知らぬものと出会うのは、なかなかに胆力を求められる。

「おおい、瑞之助。いいものを見せてやるぜ」

登志蔵がいかにも楽しそうに笑ってそう言うときは、気をつけなければならない。ろくでもないものを後ろ手に隠しているか、はっと目の覚めるような蘭方医術の知を披露してくれるか。どちらにしても、腹を括《くく》っておくに限る。

眼球の模型を見慣れた頃に新たに披露されたのが、腑分けの模型だった。腑分けの模型は、傷まないように、普段は桐箱にしまわれている。ずいぶん大きな箱だが一体何だろうかと思っていたら、人の背丈の半分ほどの大きさの、ひと揃いの人形だった。

瑞之助が見せられたのは、男の姿を精巧に模した人形だ。入れ子になっており、仰向けに寝かせて腹を開くと、血の通った色合いも鮮やかな臓腑の模型が現れた。

一瞬のうちに、瑞之助は血の気が引いた。悲鳴を上げるのは、辛《かろ》うじてこらえた。

登志蔵は瑞之助の様子などおかまいなしだった。くっきりと大きな目を、子供のようにきらきらさせていた。

「よくできた人形だろう？　人の腹の中身はこんなふうになっているんだ。五臓六腑なんて言い方があるが、見てみろ。臓腑の数はもっと多い。五行思想《ごぎょうしそう》のとおりに色を分けて働きを論じるだけじゃあ、まったく足りねえんだよ」

「もしかして、登志蔵さんは、本物の腑分けもしたことがあるんですか」

「見たことならある。刑場で首を刎《は》ねられてまもない人の体を使わせてもらうんだ。刑場の役人が亡骸《なきがら》の腹を裂いて、臓腑を一つずつ取り出す。役人の傍らには蘭方医がいて、オランダ渡りの医書を開きながら、この臓物はオランダ語で何と言って、漢語では何、和語では何と明らかにする。その様子を、大勢の医者で囲んで見たのさ」

「へ、へえ。それは、すごいですね」

「人の臓腑ってのは、この人形みたいに乾いちゃいねえんだ。どこもかしこも、それぞれに働きを持った液が巡っている。漢方の言葉を使うなら、血と津液《しんえき》だな。肌や膜を裂くと、液があふれてくるんだ」

瑞之助は思い描いてみて、背筋が寒くなった。

登志蔵は、瑞之助の顔色などうかがってくれない。ひとたび語りだすと、止まらなくなるのだ。

「臓腑は、思いも掛けないつながり方をしていた。つまり、漢方で語り継がれてきた五臓六腑という代物《しろもの》は、正しくなかったんだ。臓腑の間を巡る管のつながり方を調べるために、色をつけた水を流した。腎の働きが明らかになったのも、そうやって実験をしたからだ。漢方では、男の腎は男根の働きすべてに関わるもんだろう？」

目を輝かせた登志蔵に水を向けられ、瑞之助はどうにかこうにか話に応じた。

「そうですね。腎虚《じんきよ》、すなわち腎が弱ったときの証は、小便が出渋ったり漏れたり、それによって体がむくんだり、その、床の中で役立たずになったりというものですよね。すべて男根に関わる証です」

「腎虚になると陰茎が立たなくてどうしようもねえっていう笑い話も有名だよな。漢方医術では、男の精が腎で作られるものとされてきた。でも、これは間違いなんだ。腎ノ臓で作られるのは小便だ。それが膀胱《ぼうこう》に蓄えられて、排出される」

「そういう新しいことが、腑分けによってわかったんですね」

「すげえだろう？　漢の張仲景の頃から数えて一千五百何十年来の誤りが、ここに来てようやく正されたんだ。ちなみに、精がどこで作られるかというと、金玉だ。陰茎のほうまで細い管がつながっている。しかし、働きがわからない小さな臓腑も、このへんにはいくつもあってだな」

そう言って、登志蔵は自分の下腹を撫でさすってみせた。冗談めかした、妖しげな手つきである。

その途端、長屋の外から、巴の咳払いが聞こえてきた。瑞之助はびくりと首をすくめた。部屋の戸を開け放ったまま、登志蔵がよく通る声で下《しも》の話などしたせいだ。

登志蔵は悪びれもせず、笑いながら声を張り上げた。

「気になるんなら、巴もこっちに来て聞いてくれていいぜ。金玉と陰茎の話は、ここからがいいところだ」

「登志蔵さん、ふざけないどくれ！」

巴は足音を高らかに鳴らして、行ってしまった。瑞之助は、この後の仕事が思いやられた。仕返しをされるに違いない。

登志蔵さんは派手な人だ、と瑞之助は思う。

身振り手振りを交えて語り出せば、人はどうしても目を惹かれるだろう。九州肥後《ひご》の出身とあって、眉と目のきりりとした形は、江戸の男とは少し違う。独特な風貌がまた、人目を惹くのだ。

玉石が以前、蛇杖院の医者は見目のよさでも選んでいる、というようなことを言っていた。真樹次郎が絵のような美男なら、登志蔵は歌舞伎の看板役者だ。加えて、拝み屋の桜丸は、男と女の境を越えて、とにかく美しい。

男前の医者ばかりが揃っているのに、なぜ評判が上がらないのだろうか。瑞之助は悶々《もんもん》としてしまう。十日に一度届く母からの手紙には、前よりも柔らかな言い回しではあるものの、瑞之助を案じる文言が相変わらず並んでいる。

つい先日、九月に入ってから登志蔵に見せられたのは、歯だった。上の歯も下の歯も、ずらりと一式揃っている。

「本物の、人の歯ですよね？」

瑞之助が恐る恐る尋ねたとおり、それは模型ではなかった。腑分けで世話になった亡骸の歯並びが見事だったので、ひとたび埋めてしばし待ち、骨になる頃に再び訪ねていって掘り返し、もらい受けたという。

登志蔵は、上顎と下顎を模した木枠を、ぱかりと開いてみせた。琥珀《こはく》色につやつやしているのは、顔料を塗ってあるのだろう。欠けたところのない三十二本の歯が、きれいに並んでいる。

「見ろ、瑞之助。人の口は上顎に十六本、下顎に十六本の歯が生えるんだ。場所によって形が違うから、嚙み切ったり、すり潰したり、いろんなことができる。これは人の歯のおもしろいところさ。瑞之助、蛇の日和丸の口の中を見たことがあるか？」

「はい、あります。あくびをするように、口を大きく開けることがありますよね。口の奥のほうに小さな牙が生えていました」

「日和丸の牙じゃあ、飯が小さくなるまで嚙み潰すことはできない。獲物を離さないよう、突き立てるための牙さ」

「そうか。だから、日和丸はがぶりと丸吞みにするんですね」

人の歯だけではなく、登志蔵はさまざまな動物の歯を集めている。上等な桐箱に赤い絹を敷いて、その上に丁寧に並べているのだ。

「犬の歯、猫の歯、鮫《さめ》の歯、猪《いのしし》の牙、猿の歯、鹿の歯。この細くて長い小さいやつは、鼠《ねずみ》の歯だ。鼠の歯は、一生伸び続けるんだぜ。蒐集品の中でいちばん新しいのはこれ、蛇の牙だ」

「日和丸の牙ではありませんよね。ずいぶん大きい牙だ」

「こいつは青大将の牙さ。日和丸があんまりかわいいんで、俺も蛇を飼いたくなって、亀戸《かめいど》まで探しに行ったんだ。あっちのほうは、藪が多いだろう？　藪を叩いたら立派な青大将が出てきたんで、つかまえようとしたところ、怒らせちまってな」

　登志蔵は袴の左の裾をまくり上げてみせた。引き締まったふくらはぎに、牙を立てられたとおぼしき痕がぽつんぽつんと残っている。

「嚙まれたんですね。痛かったでしょう？」

「さすがに痛かったな。牙が抜けるほど、思いっ切り嚙みやがったんだ。ま、おかげで蒐集品が増えたよ。鮫の牙も格好いいが、蛇の牙もいいよなあ。日和丸の牙もほしいが、玉石さんが譲ってくれねえだろうな。あいつは猛毒を持っているから」

　瑞之助は目を丸くした。

「日和丸って、毒があるんですか？」

「あるらしいぜ。きつい毒だそうだ。体が痺れて動かなくなって、しまいにゃ心ノ臓や肺までやられる。そういう毒だ。怖いだろう？」

「驚きました。日和丸、あんなにかわいいのに」

「ちなみに、このへんの藪にもいる蝮《まむし》の毒は、血が止まらなくなるやつだ。同じ蛇といっても、種が違えば、毒もまた違うのさ。おもしろいよなあ」

登志蔵は大事そうに桐箱に蛇の牙を戻した。

姿は看板役者、中身はいたずら小僧だ。それでいて、べらぼうに頭がよく、物知りである。瑞之助が教本の読み解きで困っていて、真樹次郎がつかまらないときなどは、登志蔵が何でも答えてくれる。

変な人だが、頼もしい。瑞之助は登志蔵のことをそう思っているが、真樹次郎は苦い顔をする。

「あいつは外をほっつき回ってばかりだ。肝心なときに遊び歩いていたんだぞ。俺はあいつのことがどうも信用できない」

登志蔵は一体、何をやらかしたのだろうか。

おかしなものがたくさんある登志蔵の部屋の一角に、刀掛けが置かれている。そこだけは、気配が静かで厳《おごそ》かだ。侍の生まれの登志蔵は、瑞之助よりもずっと、刀を慈しんでいる。

登志蔵の刀は大小ともに、同田貫《どうだぬき》という肥後の名刀である。鋒《きつさき》が大きく、身幅が広く、沸出来《にえ》の広直刃《ひろすぐは》がきりりとしている。瑞之助がほんのちょっと問うただけで、登志蔵は愛刀について滔々《とうとう》と語ってくれた。

だが、そのときの登志蔵は、大小の傍らに置かれた短刀については何も教えてくれなかった。

短刀の拵《こしらえ》は、登志蔵の好みとは違うように見える。黒漆塗拵に梅の花が描かれ、下緒も梅に合わせた紅色だ。女物の守り刀ではないか、と瑞之助は思う。

その妙に愛らしい拵の短刀を、登志蔵は大小の刀と共に、必ず差して出掛ける。気にはなるが、瑞之助は、登志蔵に尋ねられずにいる。人の懐に踏み込んでいくのは、どうしても苦手なのだ。

二

九月に入って二度目の雨が、夜通し降っていた。朝には、雨はきれいに上がっていた。しっとり湿った朝の空気を、日の光が次第に暖めていく。

今宵は栗名月だ。晴れるだろうかと瑞之助が問うと、今日は晴れますよと朝助が答えた。

水汲みを済ませ、登志蔵と共に剣術稽古をこなして、朝餉をとった。さあ働かねばと気合を入れたところで、瑞之助は登志蔵につかまった。

「おい、瑞之助。いいものを見せてやるから、ちょっと来いよ」

「今日は何ですか？」

「そう怯えた顔をするな。今日のは本当にいいものだよ」

登志蔵の言葉は信用ならない。瑞之助は腹を括《くく》りつつ、登志蔵の部屋についていった。

素っ気ない木箱が、登志蔵の机の上に置かれていた。平たい形は文箱《ふばこ》に似ているが、それよりももっと小さい。

登志蔵は木箱の蓋を取り払った。きれいに並べられているのは、外科手術の道具だった。ほっそりとした薄い刃物が幾種類もある。小さな鉗子《かんし》、大きな縫い針、変わった形の鋏《はさみ》に、へらのようなものがいくつか。

瑞之助は嘆息して見入った。

「美しいですね。どれも見事な形をしている」

「な、いいものだっただろう？　瑞之助、こいつらをちゃんと見るのは初めてじゃないか？　俺がけが人の治療をするときには、瑞之助は道具を見ている余裕もなさそうだからさ」

　自慢げな登志蔵に、瑞之助はうなずいた。

「傷を縫う手術のときは、けが人の体を押さえる仕事だけで精いっぱいです。登志蔵さんの道具をよく見てみたいとは思っていたんですが。本当にきれいな品ですね。舶来のものですか？」

「残念ながら、そんな値打ち物じゃあねえな。京の工房で作られたやつさ」

「京の都ですか」

「京は、外科の医術が盛んなんだよ。腑分けが初めておこなわれたのも京だった。長崎から入ってきた蘭方の技を、漢方の技と掛け合わせて伸ばしていく。そういうやり方が進んでいるのが、京の都なのさ」

　玉石からも似たような話を聞いたことがある。玉石の実家である唐物問屋の烏丸屋は、京にも店を持っている。京の店では蘭方医術に用いる道具がよく売れるという。

　瑞之助は、ほうと息をついた。

「いつか私も、こういう道具が扱えるようになるでしょうか」

「なるさ。そんときは俺がひと揃え、贈ってやるよ。こいつら、ひと揃えだけじゃ足りないからな。十分な数の道具を見繕うのも、初めは大変なんだ」

「登志蔵さんも、こういった道具を幾揃えも持っているんですね」

「ああ。研ぎは職人に頼んでいる。今日はこれから、こっちを研ぎに出して、預けているほうを受け取りに行く。というわけで、瑞之助。一緒に行かねえか？」

瑞之助は、今まで登志蔵に誘ってもらった中でいちばん正直に、はいと答えた。


小梅村にある蛇杖院から業平橋を西へ渡れば、中之郷だ。武家屋敷の建ち並ぶ中を南へ突っ切ると、本所に至る。

三ツ目通りをさらに南へ進んでいって、北割下水《きたわりげすい》と南割下水を越え、それから西へ折れて回向院《えこういん》のそばを過ぎる。両国橋の東詰に出たら、今日も凄まじいほどの人出である。

登志蔵は歩くのが速い。手練れの武芸者は地を縮めるかのように一歩が大きく速いというが、登志蔵の歩みはまさにそれだ。

瑞之助は登志蔵に遅れないよう、急ぎ足でついていった。

小さな刃物を得意とする研ぎ師は、浅草見附の裏長屋に住んでいた。裏長屋でも殊更に暗い部屋が、研ぎ師の住まいであり、工房でもあった。

暗い部屋こそが、刃の研ぎ具合を確かめるのにちょうどいいという。そのぶん目の疲れる仕事だ。細かな鉄粉で目を痛めることもある。

登志蔵の訪れを、研ぎ師も長屋の人々も首を長くして待っていた。登志蔵は、瑞之助に言った。

「ここの人らは、医者にはめったにかかれないんだ。俺も漢方を専《もっぱ》らにしているわけじゃあないとはいえ、ひととおりは学んであるから、ちょっとした相談には乗れる。万が一、まずい病を見つけたら、蛇杖院に連れていくつもりだ」

研ぎの代金を割安にしてもらい、その代わりに、登志蔵は研ぎ師の目を診ている。研ぎ師の後は、長屋の人々を順に診る。ついでに子供らと一緒に追いかけっこなどをして遊ぶ。

この日は瑞之助も、診療の手伝いや子供の遊び相手に駆り出された。

十日か半月に一度、登志蔵はこうして浅草見附の長屋に通っているらしい。この長屋のほかにも、登志蔵が通う先はあるようだ。

長屋の住人に教えてもらったそれらのことを、瑞之助はまったく知らなかった。

「真樹次郎さんは、登志蔵さんはどこかでほっつき回っている、というふうに言っていましたよ。遊び歩いているかのような言い方でしたが、そうじゃなかったんですね」

「遊んでいることもあるがな。賭場で往診することもあるんだぜ。ま、お真樹は俺のことが嫌いだから、どうにも手厳しいんだよな」

登志蔵は、さらりと言った。真樹次郎をお真樹と呼んでからかうくせに、嫌われていると本気で思っているのだろうか。

長屋での用事を済ませると、すでに昼過ぎだった。味噌汁を温める匂いが、あちらからもこちらからも漂ってくる。

「登志蔵先生たちも食べていくかい？」

そう誘ってくれるおかみさんもいたが、登志蔵は笑って断った。

「うまい飯屋に瑞之助を連れていこうと思っているんだ。おっかさんの飯は、また今度、食わせてもらうよ」

長屋の人々に慕われる登志蔵の姿は、瑞之助の目には、いつになく頼もしく見えた。

浅草見附を後にすると、登志蔵は瑞之助を連れて、薬研堀《やげんぼり》の煮売り屋を訪れた。煮売り屋の表には、つき屋、という小さな看板が掛かっている。

鰻《うなぎ》の寝床のように細長い店だった。床几《しょうぎ》が三つあるだけで、小上がりもない。奥の床几では男三人が何事かを相談する様子で、酒を飲んでいる。

登志蔵は慣れた様子で、空いた床几に座った。愛想のない親父が、傷のある顔をちらっと上げた。

「おおい、親父。豆腐で何かうまいやつを作ってくれ。それから、芋の煮っころがしもあるかい？　前も食わせてもらったんだが、あれはうまかった」

「へい。ほかには」

「腹が減っているんで、よさそうなものを見繕ってくれ。二人ぶんだ。それから、酒も頼む。燗《かん》はつけなくていい」

「お二人で飲まれるんで？」

登志蔵は瑞之助に確かめた。

「一杯くらいならいけるんだろう？」

「ええ。でも、私は酒が弱いので、本当に一杯だけですよ」

「当たり前だ。俺のおごりなんだから、かぱかぱ飲まれちゃたまらねえ」

「おごってくれるんですか」

「当たり前だ。そのぶん、瑞之助が自分で稼げるようになったら、お返ししてくれよ」

「もちろんです、と言いたいところですが……」

勢いを失う瑞之助の顔を、登志蔵はのぞき込んだ。

「どうした？　お真樹にいじめられたか？」

「いじめられてはいませんよ。真樹次郎さんは厳しいところもありますが、親切で丁寧です」

登志蔵は、わざと崩したふうに結った髷を、ちょいといじった。こぼれ毛がいくらか顔に掛かって目元が少し陰るのが、とんでもなく格好いい。

「じゃあ、学ぶことが多すぎて疲れているのか？　それとも、蛇杖院の噂が芳《かんば》しくないことを知って、医者になりたいって心が揺らいでんのか？」

瑞之助は正直に告げた。

「疲れも、揺らぐ気持ちも、ないとは言いません。働いて疲れて、机に向かうと眠ってしまうこともあります。そういう日が続くときは、医者になるなんて本当に私にできることなのかと不安になるんです」

「できるかできないかで言やあ、まあ、為《な》せば成るってやつだろうな。初めから医術を知っているやつなんかいない。皆、一から学んで医者になるんだぜ」

芋の煮っころがしと酒が運ばれてきた。登志蔵がすかさず二人ぶんの酌をする。

飲もうぜ、と手振りで示され、瑞之助はうなずいて盃に口をつけた。ぴりりと痺《しび》れるような酒精が舌の上から喉へ転がり落ちる。胃の腑が、かっと熱くなる。

瑞之助は登志蔵の盃に酒を注ぎ足してやりながら、日頃の悩みを思い切って口にした。

「私は相変わらず、おけいさんや巴さんに迷惑をかけてばかりなんです。毎日、すみませんと頭を下げています。下働きの仕事を始めてそろそろ半年なのに、まだ十分に役に立てず、打ち解けることもできない。情けない限りですよね」

そうだなあ、と登志蔵は考えるそぶりをした。酒をちょっと舐めて、瑞之助の悩みに答えた。

「将を射んとする者はまず馬を射よというが、あの二人の場合は、将から先に射止めちまったほうがいい。つまり、桜丸だ」

「桜丸さんですか？　なぜです？」

「おけいは、桜丸の婆やだった人だ。桜丸は、本当の名は忠吉《ただきち》というんだが、金持ちの商家の旦那が遊女に産ませた子だそうだ。母とは引き離されちまったから、婆やのおけいが付きっ切りで育てたんだとさ」

「桜丸さんと親しくなれば、おけいさんからも、がみがみ言われなくなるんでしょうか。巴さんも、桜丸さんと関わりのある人なんですか？」

「巴は、どこぞの藩の抱え力士の娘だ。おかげであの立派な体と怪力というわけ。俺はああいう娘もいいと思うんだが、かつて巴の許婚《いいなずけ》だった男はそうじゃなかった。許婚がけがをして動けなくなったところ、巴が背負って蛇杖院に連れてきたんだ」

「頼もしい。巴さんらしいですね」

「情が深くて力持ちってな。いい女だろう？　ところが、許婚は、てめえより体が大きくて力が強い巴のことを嫌ったんだ。縁談を反故にしたのさ。巴は嫁ぎ先を失って泣き暮れたが、桜丸が、蛇杖院に住めばいいと言った。以来、巴は桜丸を慕っている」

　登志蔵の盃が空になった。瑞之助がお酌をするより先に、登志蔵が自分で徳利の酒を盃に注いだ。

　瑞之助はため息をついた。

「今の話は、聞いてもいいものだったんでしょうか」

「そんなにまずい話なら、俺も教えてやらねえよ。今話したことは、おけいも巴も隠しちゃいない。住み込みの女中の満江とおとらもそれなりにわけありだが、
　瑞之助が問えば、ちゃんと答えてくれるさ」

「どんなふうに問えばよかったんでしょう？」

「あなたはなぜ蛇杖院に住むことにしたんですか、だな。朝助からは聞いたか？」

「はい。朝助さんの顔を初めて見たときに、教えてくれました」

「朝助は怖がりなところがある。自分の話をしたら瑞之助がどんな応えを返すか、試したんだろう。瑞之助は、朝助にとって心地よい応え方をしたんだろうな。だから、朝助は瑞之助と一緒にいるとき、くつろいだ顔をしている」

　瑞之助は面映《おもは》ゆくなってうつむいた。

「朝助さんとは話しましたが、おけいさんや巴さんにはどう声を掛けていいか、わからなかったんです」

いきなり、登志蔵は瑞之助の頰をつまんで顔を上げさせた。

「やれやれだ。瑞之助は、朝助よりもさらに怖がりなんだな。人の懐に踏み込むのが怖くてたまらねえんだ」

登志蔵の目は、からかうようにきらきらとして、瑞之助を見つめている。

瑞之助は盃の酒を呷《あお》った。

「人と親しくするって、どうすればいいんでしょう？　わからないんですよ」

「子供とはすぐに仲良くなるじゃないか」

「さっきの長屋の子供たちのことですか？　一緒に遊ぼうと言ったら、私の名前も訊かず、私が侍であることも気にせず、仲間に入れてくれました。それだけです。私のほうから何かしたわけではありません」

登志蔵は笑った。吐息が盃の酒に波紋を起こした。

「踏み込み方がわからないだけで、人と仲良くしたいって気持ちはあるわけだ」

「ありますよ、もちろん。登志蔵さん、あなたはなぜ蛇杖院に入ったんですか？」

「俺と仲良くなりたいから、それを尋ねてんのかい？」

「そうです。答えてもらえますか？」

登志蔵は声を立てて笑った。

「大したわけはねえよ。俺は熊本藩の生まれだ。祖父《じい》さんも親父も、侍にして医者だ。俺は、藩の医学校の再春館《さいしゅんかん》で学んだ後、江戸に出てきて修業していた。が、そのときに、世話になってた塾の連中が馬鹿をやって、俺はその騒動に巻き込まれた。それで、国許の頑固《がんこ》親父が激怒して、俺は勘当。帰る場所がなくなっちまったのさ」

「大変だったんですね」

「どうだろうな。熊本に戻って藩のお抱え医者を目指したとして、競争競争の人生になっちまう。俺は、人を蹴落としてまで出世したいとも思わねえし、蛇杖院で悠々自適に暮らすほうが性《しょう》に合うよ」

登志蔵はいつも笑っている。それはつまり、いつも笑っていないのと同じではないのかと、不意に瑞之助は思った。考えすぎだろうか。

「蛇杖院で、性に合う暮らしを送る。そのために必要なのは、知と医術と、果たすべき大願、か」

口をついて出たのは、玉石に出された問いだ。何のために蛇杖院の医者になるのか、己自身の目指すものを見つけるように言われているのだ。期限は、基本の医書の素読を終えるのと同じ、年明けである。

登志蔵は、ああ、と歌うような声を上げた。

「なつかしいな。果たすべき大願か。おまえは何がやりたいかって、玉石さんに訊かれたんだよな」

「登志蔵さんはどう答えたんですか」

「瑞之助の役には立たねえ答えだぞ」

「かまいません。登志蔵さんの考えていることを知りたいだけです」

登志蔵は芋の煮っころがしをぽいと口に放り込むと、行儀悪く咀嚼《そしゃく》しながら言った。

「俺は、医者の卵が医術を学ぶための場を整えたいんだよ。江戸や京、長崎に生まれりゃ、医者になるための門戸は開かれる。でも、そうじゃねえところ、特に田舎に生まれたんじゃ、どうやって医術を学ぶかもわかんねえだろう」

「そうか。私のように、すぐに師に出会えるとは限らないんですね」

「江戸に出て医術を学ぶ道を、志を持った誰もが選べるようになればいい。漢方でも蘭方でも、必要だと思ったものを、望むままに学ぶ場があれば、おもしろいじゃねえか。で、なけりゃあ俺が作ればいいよなって、玉石さんに話した」

瑞之助は、ほうと息をついた。

「素晴らしい志ですね。お父君に勘当されて、家に帰れなくなってもなお、医術のために生きるなんて」

「見直したか？」

「私は初めから、登志蔵さんはすごい人だと思っていますよ。さっきの長屋での診療だって、私の知らないことばかりでした。私は本当に学びが足りないと、常々感じてはいるんですが」

瑞之助はうつむいた。その額を、登志蔵はこつんと小突いた。

「今日の瑞之助が妙にしおれているのは、そういうことか。ふざけてばっかりの登志蔵が格好よく仕事していたんで、力不足を改めて感じちまった」

「そのとおりです。登志蔵さんは剣術も強いし、本当に頭が切れるし」

「おいおい、見くびってくれるなよ。こんなのは序の口もいいところだぜ。蘭方外科医の本領は、オランダ語と手先の器用さだ。瑞之助はまだどっちもちゃんと見ていねえだろうが」

瑞之助は深いため息をついた。

「どうすれば、そんなに自信満々でいられるんですか？」

厚揚げを梅と煮たものが出てきた。さっぱりとしているだけでなく、少し甘みも加えてあるのが、ふくよかでうまい。

瑞之助は一口、酒を舐めた。もう十分に酒精が回って、頰やまぶたが火照《ほて》っている。

顔色ひとつ変わらない登志蔵は、水でも飲むかのように盃を呷った。

「じきに瑞之助にも蘭方を教えてやるぞ」

「教わることができるなら、ぜひ。でも、まずは漢方なんですよね」

「医術の言葉を覚える必要があるからな。蘭方も、オランダ語をそのまま使うことはできねえのさ。ロングは肺、ハルトは心《しん》、マーハは胃と言い換えたほうが、頭に馴染む。漢字で書けばなおさらだ。どれがどんな働きを為すのか、一目でわかる」

「西洋渡りの言葉を日の本の人がわかるように置き換えるのは、漢方で培《つちか》われた知と言葉があればこそ、ですね」

「もとからある漢方医術の言葉を使って、新しい言葉もどんどん生み出されている。医学はずいぶん揃ってきたが、例えば舎密学《せいみがく》や窮理学《きゅうりがく》はまだまだだ。舎密学や窮理学ってのは、どちらも、この世の成り立ちを知るための足掛かりとなる知の流派さ。これがまだ和語に訳されていないんだ。おもしろいんだがなあ」

　そこから先は、瑞之助にはきちんと聞き取れなくなった。酒のせいで考えがまとまらないのもあるが、単に、わからないのだ。

「布に火を点けたら、よく燃えるだろう。しかし、小火《ぼや》が起こったときに布団をかぶせると、火を抑え込むことができる。なぜだと思う？　それを知るには、どういう場合に火が燃えるのかを、目には見えない小さな粒から考えなけりゃならねえ」

　登志蔵が口にする言葉は、その多くがオランダ語のようだった。

　火は、人が息を吸うのと同じように、何がしかを取り込んでいるらしい。布団をかぶせると、火は何がしかが取り込めなくなる。布団を口に押し当てられて息ができなくなるようなものだ。何がしかが足りなくなれば、火は燃え続けることができない。

「一見すりゃあ当たり前のことを、根っこのところから突き詰める。そのための学問が舎密学であり、窮理学であるわけだ。なあ、この世界が球のように丸いって知ってるか？　丸いんなら、なぜ人が落っこちてしまわないんだと思う？」

　瑞之助はぽかんとしながら、はあ、と間抜けなあいづちを打つことしかできない。登志蔵は学ぶことがよほど好きなのだなと、呆れ半分に感心する。

滔々と語っていた登志蔵が突然、瑞之助の肩を抱いた。瑞之助の耳に顔を寄せたと思うと、素早くささやく。

「奥の床几の連中の話、聞いてみろ。さっきからどうもおかしい」

瑞之助と登志蔵が店に入ったときから、壁のほうを向いてこそこそと話をしている三人の男たちだ。いずれもまだ二十代だろう。お店者《たなもの》のような出で立ちをしているが、それにしては引っ掛かる。

気配がざらついている、とでも言おうか。頭を低くして愛想笑いをするのが思い描けないほど、男たちが背中を丸めて酒を飲む様子は薄暗い。

とはいえ、思い込みはよくない。瑞之助は声をひそめて訊いた。

「おかしいって、何のことです？」

「お代の額だよ。人参が一袋で十両だの二十両だの、やたらと高い。あれは何の取り引きの話だと思う？」

「人参？　そんなに高いだなんて、もしかして、薬種の朝鮮人参ですか？」

「かもしれねえな」

瑞之助は慌てて息をひそめ、耳を澄ました。

登志蔵の言うとおりだ。人参を売り払うだの調達するだの、その手筈がどうのこうのと、押し殺した声で相談しているのが途切れ途切れに聞き取れた。

「変ですよね。朝鮮人参はその名のとおり、朝鮮からの舶来品でしょう？」

「そう。べらぼうな高値の品だ。日の本でも産することができないか試したところ、できなくはないものの、医者の目から見りゃ十分とは言いがたい。朝鮮《ちょうせん》と清《しん》国の境目あたりの山で採れると聞いたが、あのへんの寒さや土の質が大事なんだろうな。何にせよ、こんな煮売り屋で朝鮮人参の売り買いの話が交わされるはずもねえ」

「だとしたら、あんなにこそこそしているなんて、抜け荷か何かでしょうか」

「もしくは、朝鮮人参と偽って木の根っこでも売っていやがるのか。いずれにしても、こいつは匂うぞ」

「番所に届けましょう」

「届けてどうする？　おもしろいじゃねえか」

「え？」

登志蔵は、役者のように華のある笑みを満面に咲かせた。

「あいつらの後をつけよう。何が起こっているのか、俺たちで突き止めようぜ」

三

ほどなくして、奥の床几の男たちは煮売り屋を出ていった。瑞之助も、登志蔵に引っ張られるようにして店を出た。

「後をつけるなんて無茶ですってば。引き返しましょう」

瑞之助は繰り返すが、登志蔵はまったくもって耳を貸さない。

「ちゃんとあいつらを見張ってねえと、人混みに紛《まぎ》れてどっかに行っちまうぜ」

「登志蔵さん、あなたは自分がどれだけ目立つか、わかっているんですか？」

「そりゃあ俺は人目を惹く男前だが、あいつらだって背中に目がついているわけじゃねえ。こっちのことは見ちゃいねえさ」

「一度でも振り向かれて目が合ったら、気づかれますよ。二本差しの総髪で医者らしい十徳をまとった男前なんて、江戸じゅう探しても、ほかにいませんから」

「瑞之助が十徳を着るようになったら、もう一人いることになるな」

三人組は、ぴったりくっついて人混みの中を歩いていく。いったん西を目指したかと思うと、ぐるりと回って結局、両国橋に戻ってきた。足取りがめちゃくちゃなのは、後をつけられることへの用心だろうか。

瑞之助は何度も彼らを見失った。だが、登志蔵はずっと視界にとらえ続けていたようだ。しかも、固太りの男を猪吉《いのきち》、背が高くて撫で肩の男を鹿蔵《しかぞう》、最も小柄な男を蝶助《ちようすけ》と、勝手に名づけている。

「こういうのは慣れが物を言うんだぜ、瑞之助」

「どうして慣れているんですか」

「おもしろいものを見失うなんて、もったいないだろう」

「しょっちゅうこうやって誰かを追い掛け回しているんですか？　いい加減にしてくださいよ。番所に突き出されますよ」

瑞之助はげんなりした。幼いおうたのほうがずっと聞き分けがいい。

猪鹿蝶《いのしかちよう》の三人組は両国橋を渡ると、すいと人混みを離れた。深川《ふかがわ》の材木置き場のほうへ進み始めると、途端に足早になり、人目を気にするそぶりが増えた。

「ほら見てみろ、瑞之助。この先に何かがあると言わんばかりだ。おかしいよな。材木問屋の手代や番頭って感じでもねえ連中が、なぜこんなところに用がある？」

登志蔵は楽しそうににやにやしているが、すでに右手を刀の柄に掛けている。

総身から、張り詰めた剣気が噴き出していた。

瑞之助は次第に胸がどきどきしてきた。酒などとうに抜けている。からからに渇いた喉に、無理やり唾を呑み込んだ。

あたりは材木がうずたかく積まれ、見通しが利かない。

「登志蔵さん、こんなところに勝手に入り込むのはまずいですよ。もう引き返しましょうよ」

「今さら後に退《ひ》けるかってんだ。大丈夫だ、瑞之助。はぐれるなよ」

瑞之助は腹を括った。登志蔵を一人で行かせるよりは、見張っているほうがましな気がする。

三人組は一度、誰かに声を掛けられた。尻《しり》っ端折《ぱしょ》りの格好を見るに、材木を運ぶ力仕事の人足だろう。

ひょろりとした鹿蔵が如才《じょさい》なく、お店者らしい様子でぺこぺこした。ほかの二人も腰を二つに折り曲げて、おとなしくしている。

瑞之助と登志蔵は、そんな様子を材木の陰から見張っていた。すると、逆のほうからやって来た男に呼ばれた。

「おい、あんたら、そこで何をやってんだ」

尻っ端折りをした、屈強な男だ。材木運びの人足に違いない。

瑞之助がびくびくするのを横目に、登志蔵は十徳の袖を広げてみせた。

「ご覧のとおり、俺は医者だよ。こっちは俺の見習いだ。けが人が出たと聞いて駆けつけたところさ」

男はじろりと登志蔵を睨んだ。

「本当に医者か？　薬箱も持っていないようだが」

登志蔵は、風呂敷包をさっと解いて、研ぎ師のところから戻ってきたばかりの外科道具の箱を出した。蓋を開けると、精密な刃物が行儀よく並んでいる。

「俺は蘭方だからな。金創《きんそう》を縫うのは得意だぜ」

「なるほど。そういうことなら、わかった。すまんな、邪魔をした。見知らぬ顔の者には声を掛けるよう、お達しが来ているもんでな」

「へえ。お達し。何かあったのかい？」

「はっきりとは知らされちゃいねえんだが……」

男が口ごもった。何も知らないわけではないようだ。言うべきかどうかと迷うそぶりである。

瑞之助は口を挟んだ。

「このあたりで人参を見掛けませんでしたか?」

男は目を丸くした。

「人参だって? いや、青物はこの河岸じゃあ扱ってねえよ。見てのとおり、埋め立てて材木置き場になってはいるが」

「そうですよね。いや、変なことを訊いて、すみませんでした」

瑞之助はごまかし笑いをした。

そこで何となく話は終わった。気をつけな、と言い置いて、男は去っていった。

猪鹿蝶の三人組を目で追うと、積み上げられた材木の角を曲がっていくところだ。瑞之助と登志蔵は、足音を忍ばせて三人組を追った。

角を曲がって、足を止めた。

登志蔵はつぶやいた。

「消えた」

三人組の姿がない。奥に見張り番の小屋が見えるが、走る足音は聞こえなかった。あそこまで行けたはずもない。

瑞之助たちが後をつけていたのを、三人組は悟ったのだろう。だからここへおびき出し、身を隠した。

「袋小路ですよ」

「ああ。しくじったかもしれんな」

「どうしましょう」

登志蔵は瑞之助の肩をぽんと叩くと、背中合わせに立った。

「刀を構えろ。誘い込まれたらしい。死角だらけで、どこから何が飛んでくるかわからねえぞ」

登志蔵は刀の柄に手を触れている。

瑞之助の背筋に、ぴりりとした震えが走った。武者震いである。登志蔵の剣気が背中越しに伝わってくる。それが瑞之助を奮い立たせた。

土を踏む音がした。

とっさにそちらを見ると、猪吉である。忍び寄ろうとしたらしい。

抜身の匕首《あいくち》を手にした猪吉は、舌打ちをした。しっかりと顔が見えたのは初めてだ。ねじくれた刀傷が頬にある。凄まじい目をして睨んでいる。

「やあやあ、やっぱり堅気の目つきじゃあないな」

冷やかすように言った登志蔵は、いきなり、足下の石を蹴り上げた。狙いの先は、積まれた材木の上だ。がつんと鈍い音がして、小柄な蝶助が転がり落ちてくる。

　登志蔵は悠然と言った。

「材木を崩して押し潰そうって腹だったか？　うまくいくもんじゃねえだろうよ。それとも、うまくやって人を殺したことでもあるのかい？」

　いつの間にか、猪吉とは逆のほうから鹿蔵が現れていた。先ほどまで持っていなかった、身幅の広い刀を手にしている。

　蝶助が肩を押さえながら見張り小屋へ向かっていった。大声で呼ばわると、たちまち八人、やくざ者らしき出で立ちの男が現れた。

「登志蔵さん、これは……」

「こりゃあ、さすがに、ちょいとまずいかもな。ずいぶんと厄介《やっかい》なのを引き当てちまったみたいだ」

　やくざ者たちは重たげな棍棒《こんぼう》を手にしている。浪人らしき風体の者は、刃こぼれの見える刀が得物だ。

　一様に無言だった。取り引きの余地はないと、立ち上る殺気が告げている。

　それでも瑞之助は言葉を掛けた。

「ちょっと気になったものですから、ついてきてしまいました。お尋ねしたいんですこのあたりで、とても高値で取り引きされる人参があるとうかがったんでが、ご存じありませんか？」

やくざ者のうちの二、三人が相次いで、ちらりと見張り小屋に視線を向けた。

そこに何かがあるのだ。

じりじりと詰め寄ってくるやくざ者たちを油断なく見ながら、登志蔵は瑞之助にささやいた。

「怖いか？」

「けがをさせるのが怖いです」

「そうか。でも、死なねえ程度のけがなら、俺が治療できるから気にすんな。俺の施術は、傷痕もきれいなもんだぜ。俺は、おまえがけがをすることのほうが怖い」

「私なら、心配いりません。私は臆病ですが、今は少しも震えていないんです。登志蔵さんがいてくれるからでしょうね」

「嬉しいことを言ってくれるじゃねえか」

登志蔵は刀を抜いた。その背中を守れるのは、瑞之助しかいない。瑞之助は鯉《こい》口《ぐち》を切った。

猪吉が大声を上げ、匕首で突きかかってくる。登志蔵が体を沈めて進み出た。敵刃を刀の峰で滑らせ、受け流す。

瑞之助は、目の端でそこまで追った。そこから先は、相対した敵に集中した。

鹿蔵が雄たけびと共に斬りつけてきた。瑞之助は抜刀の勢いでその一撃を受け、弾いた。

存外、重い斬撃だ。

鹿蔵はわずかに体勢を崩したが、すかさず刃を返した。斬り上げる一撃を、瑞之助は躱《かわ》す。鹿蔵の右脇ががら空きになる。そこを狙って、瑞之助は突く。

手応えがあった。着物を裂いて、すっと一条、傷が走った。たちまち血が流れる。

傷が浅かったようだ。動きを止めるに至らない。

鹿蔵は刀を握り直し、さらに斬り掛かってくる。瑞之助は一歩、前に出た。真正面で刀を打ち合わせ、鹿蔵の斬撃を搦《から》め捕る。

目の前に鹿蔵の殺気立った顔があった。乱杭歯《らんぐいば》に嚙みつかれそうだ。

瑞之助は鍔迫《つばぜ》り合いを制し、鹿蔵の刀を捌《さば》き切った。切っ先を下に向ける。柄頭で鹿蔵の顎《あご》をしたたかに打ち上げる。

ぐらり、と鹿蔵の体が傾《かし》いだ。脳を強く揺さぶったのが効いたのだ。鹿蔵は白目を剝いて地に倒れる。

「危ねえ！」

登志蔵が横合いから瑞之助にぶつかった。瑞之助は尻餅をついた。その頭上を棍棒が薙《な》いだ。瑞之助は、ぱっと立って跳び下がる。

これは一対一の立ち合い稽古ではない。大人数が入り乱れる、喧嘩だ。右から左から、次々と攻撃される。棍棒が飛んでくる。突進しながらつかみ掛かってくる者がある。その合間に、浪人が思いのほか端正な太刀筋を繰り出してくる。

動きを封じられたら終わりだ、と瑞之助は察した。敵は集団で戦うことに慣れている。一人ひとりの腕は大したこともないが、息つく暇も与えられないのは厄介だ。

瑞之助は棍棒を躱し、腕をはねのけ、斬撃には斬撃をぶつけ、ひたすら避けた。反撃の隙を狙う。

登志蔵も機敏に逃げ回っている。斬り捨ててしまうならたやすい。登志蔵の腕なら、またたく間に全員を倒せるだろう。

だが、殺すわけにはいかない。先に刀を抜いたのは相手のほうで、きなくさいことを隠している様子であってもだ。

瑞之助は川のほうへ追い詰められていく。登志蔵は材木を背にする位置だ。引き離された。まずい、と焦りが募る。

そのときだ。

「おりゃあっ！」

気迫の声と共に、登志蔵が何かを浪人の顔めがけてぶつけた。

もわっと薄い煙のようなものが広がった。その途端、浪人が呻《うめ》いて刀を取り落とした。周囲にいた者も、顔を覆ってわめき散らす。

体を低くした登志蔵は、混乱に乗じて包囲を突破した。

「名づけて医者玉！　言っただろ、俺は漢方医術もひととおりやったんだって。『神農本草経《しんのうほんぞうきょう》』で言うところの辛《しん》の薬種をたっぷり混ぜた目潰しだ。こいつは熊にだって効くんだぜ」

登志蔵は、医者玉を食らって目が開けられないやくざ者から棍棒を奪うと、片っ端から脛《すね》を打って回った。弁慶《べんけい》の泣き所を痛打されれば、いかに屈強な男でも立ち上がれない。

続々と動けなくなる仲間を目の当《ま》たりにして、医者玉の難を逃れたやくざ者も怯んだ。その隙を突いて、瑞之助は刀を振るった。柄頭で殴って昏倒させるのだ。

しかし、そこで形勢が引っくり返される。

「動くな！　動けばこいつが死ぬぞ！」

裏返った声で叫んだのは、先ほどから姿が見えなかった蝶助だ。蝶助は見張り小屋を背に、若い娘を羽交い絞めにして匕首を突きつけている。

いや、若い娘というより、まだ子供だ。猿ぐつわを噛まされているのは、十かそこらの女の子である。

瑞之助は刀を下ろした。その途端、血混じりの唾を吐いて起き上がった鹿蔵に、左頬を張られた。ぐら、と視界が回る。膝を突くと、もう一発、今度は蹴られた。

登志蔵もさすがに黙って、刀を鞘《さや》に納めた。肩で息をしている。

蝶助は俄然《がぜん》、調子が出たようだ。いかにも凶悪な顔で、にんまりと笑った。

「何でい、こいつら、年は行ってるが、なかなかの蕪《かぶ》じゃねえか。手足の筋を切って躾《しつ》ければ、好き者相手の売り物にはなるな」

「蕪？」

瑞之助は眉をひそめた。

目潰しを免《まぬか》れたやくざ者たちがそれぞれの武器を手に、にやにや笑って瑞之助と登志蔵に迫ってきた。

そのときだ。

また、形勢が入れ替わった。

「御用だ！　神妙にしやがれ！」

十手《じって》を掲げた侍を先頭に、二十人からの男が、わあっと駆け寄せてきた。たちまちのうちに、やくざ者たちは殴り倒され、縄を掛けられた。蝶助の手から女の子が救い出され、猿ぐつわを解かれる。

登志蔵が瑞之助に手を差し伸べた。

「殴られちまったな。痛むか？」

「少しだけですね。ずいぶん久しぶりだな、こういう痛みは」

「ほう。親に殴られたことでもあるのか？」

「ありますよ。子供の頃ですが。母が厳しいんです。兄に剣術稽古をつけてもらって、したたかに打たれたこともありました」

人質にされていた女の子が泣きべそをかきながら、見張り小屋のほうを指差した。

「あたしだけじゃないんだ。ねえ、助けて。あそこに、ほかにも子供がいるの。人参って呼ばれてる女の子と、蕪って呼ばれてる男の子が！」

瑞之助と登志蔵は顔を見合わせた。

「人参だそうです」

「符丁だったってわけか。一袋何両もの人参ってのは、人買いの取り引きの話なんだ。さっき、俺たちのことを蕪と呼びやがったのも」

「ええ。売り物にする男を、連中は蕪と呼んでいるんですね」

十手持ちの侍の指図を受け、男たちが見張り小屋へと駆け寄った。ほどなく、縛られて猿ぐつわを嚙まされた子供たちを抱えて、男たちは表へ出てくる。

登志蔵の横顔がきりりと引き締まるのを、瑞之助は見た。

「皆、けがをしている。よくねえな」

登志蔵は、子供たちのところへ駆け寄った。

十手持ちの侍が登志蔵に目を向けた。

「おまえが、いきなり八百屋《やおや》騒動に首を突っ込んできたという医者か。蘭方の道具を携えているという話だが」

「ああ、俺がその医者だ。あんたら、喧嘩が始まったときから様子をうかがっていたんだろう？」

「おまえたちの素性がわからなかった。連中の取り引き相手かもしれんと思ったのだ。だから泳がせたまで」

「やれやれだ。俺たちは、たまたまこいつらを追っ掛けてきたんだよ。煮売り屋で連中がこそこそ相談してるのが聞こえたんだ。高値で人参を裏取り引きしているらしい話さ。そんじょそこらの人参とも思えねえ。それじゃ、朝鮮人参だと考えたんだ」

　十手持ちの侍はぽかんとすると、弾けるように笑い出した。

「なるほど。医者らしい勘違いだ」

「そいつはどうも。それより、この子らを診たい。けがしている上に、薄汚れた小屋に詰め込まれていたんだ。ほっとくと、病を発するかもしれねえ」

「いいだろう。すぐに診てやってくれ」

　登志蔵は、にかっと笑った。

「合点承知の助。おおい、瑞之助も手伝え。それから、誰でもいい。傷を洗うための酒と、きれいな晒《さら》し木綿《もめん》を調達してくれねえか」

四

十手持ちの侍は、南町奉行所に属する定町廻り同心の広木宗三郎《ひろきそうざぶろう》と名乗った。広木は、三十をいくつか超えた年頃の細身の男だ。ぱっと見たところは物静かな印象だが、ひとたび口を開くと言葉の歯切れがよい。

登志蔵が子供たちの傷を診る間に、広木はやくざ者たちから簡単な聞き取りを済ませた。

「つまるところ、ここにいたやつらは蜥蜴《とかげ》の尻尾《しっぽ》に過ぎなかったか。後ろ盾の連中は八百屋組を切り捨てて、知らぬ存ぜぬを通す腹かねえ」

八百屋組というのが、瑞之助たちが出くわしてしまった猪鹿蝶たちの通り名だった。人買いと女衒《ぜげん》を専らにしていたらしい。売り物を人参だの菜っ葉だの蕪だのと呼ぶのが、連中の符丁だ。

女の子が人参で、男の子が蕪だった。見張り小屋に押し込まれていたのは、いずれも十かそこらの年頃の子供たちだった。下総《しもうさ》の村から連れてこられたらしい。

子供たちは皆、ひどく痩せていた。閉じ込められている間、ろくな食事が与えられていなかったせいだ。それでも、村にいるときよりはましだった、と訴える子供もいた。

体じゅうが傷だらけの女の子がいた。登志蔵は女の子の前に膝を突き、普段よりも柔らかな声音で問うた。

「この傷やあざは連中にやられたのか？」

女の子は投げやりに答えた。

「売られる前からこんなふうだったの。あいつらにやられた傷もあるけどさ」

「なるほどな。じゃあ、これからおまえの傷を診るぞ。大事なことだから、俺の問いには必ず答えてくれ。まず、名前を教えてほしいな。俺はおまえを人参と呼びたかねえんだ」

「あたいは、しげだよ」

「おしげだな。いい名だ。おしげ、これからちょっと体にさわるが、痛かったら、ちゃんと言えよ」

手ぬぐいで髪をきっちりと覆った登志蔵は、子供たちの体につけられた傷を一つひとつ確かめ、治療に当たった。これは何の傷か、いつ誰によってつけられたのかと、問いが細かい。

それを傍らで聞く広木は、矢立を取り出して、自ら帳面に書きつけた。

先に四人の女の子が診療と聞き取りを終えた。一人きりの男の子は、かたくなな目をしていた。治療を受けるのも最後だった。

男の子の着物は染みだらけだ。垢《あか》とは違う匂いもしている。血の染みと匂いに違いないと、瑞之助は気になっていた。

むろん、登志蔵も男の子の着物の染みに気づいていた。

「ずいぶん待たせちまったな。さて、その着物を脱いで、見せてもらえるか？」

「……どうしてもか？」

「何をそんなにびびっていやがる」

「びびってんじゃねえ。あんたら、本当にまともなやつか？　お縄についたあいつらだって、初めは優しいふりをしていたんだ。行くあてのないおいらたちに、ちゃんとした奉公先を見つけてやるって言ってさ」

男の子は、そこでひどく苦しそうに息をついた。しかめっ面で登志蔵を睨むと、あきらめたように着物の袖を抜いた。

途端に、まわりの者が皆、息を呑んだ。

男の子の肩にあったのは、刺し傷だ。なまなましい赤い傷はまだ新しく、血が止まっていない。

「どうしたんだ、こいつは」

「見てのとおりだよ。さっき、かっとなったやつに刺された。売り物にする女の子にだって手を上げる連中だぜ。男のおいらなんか、おもしろ半分で試し斬りに使われたっておかしくなかった。このくらいで済んで、運がよかったよ」

登志蔵は男の子の首筋に手を触れた。脈を按じながら、舌打ちをする。

「熱があるじゃねえか」

「どうだっていいだろう」

「いいわけがあるか。おまえ、名前は？」

「……泰造《たいぞう》」

「いい名だ。その傷、すぐに手当てをしてやる」

しかし、登志蔵は袂から印籠を出して蓋を開けると、そこで動きを止めた。印籠の中の薬包をじっと見つめる。登志蔵の横顔に迷いが浮かんだ。

「どうしたんですか、登志蔵さん。その薬は何ですか?」

「玉石さんの秘薬だ。こいつがあれば、傷を縫うのにも痛みを感じない。しかし、まだ体の小さい子供で、熱まで出してるってのに、飲ませていいのかどうか」

「体が弱っているときに飲ませては、かえって毒になる薬なんですね」

「もっと正しく言やあ、この秘薬はそもそも毒なんだよ。こいつに含まれる薬種は、例えば鳥兜《とりかぶと》だ。そのまま煎じて飲めば、薬匙半分の量で人は死ぬ。玉石さんの秘薬は、調和の薬種を配することで効きを弱めているだけの、毒なんだ」

泰造が吐き捨てるように言った。

「何だっていいよ。あんた、医者なんだろ。あんたがいちばんいいと思うやつでいいよ。おいらは何でもこらえてみせる」

「そうかい。そんじゃ、痛み止めの秘薬を使わずにいこう。今から、この傷を縫う。肌と肉に針を刺して糸を通すんだ。耐えられるか?」

「なめんじゃねえぞ。ちょっとくらいの痛みなら、おいらは慣れてる」

登志蔵は微笑んでみせた。

「強いな。じゃあ、この布を嚙んでいてくれ。そうすりゃ、舌を嚙まずに済む。

なに、心配するな。俺は腕利きなんだ。すぐに傷をふさいでやる。三十まで数える間だけ、こらえてくれ」

登志蔵は、両手を酒で洗った。道具箱から針を取り、糸を通す。

「瑞之助」

「はい」

「もっと寄れ。手を洗って、俺の言うとおりに傷口を押さえるんだ」

「はい」

登志蔵は酒で傷を洗い、晒し木綿で汚れを拭った。傷口からまた、じわりと血が染み出す。登志蔵はその血を拭いながら顔を近づけ、素早く丹念に傷の具合を調べた。

「膿《う》んじゃいねえな。よし」

傷口を押さえて閉じる。ここだ、と登志蔵は瑞之助に告げた。瑞之助はおそるおそる両手を差し出す。登志蔵は、荒々しいほどの力で瑞之助の両手をつかんだ。

「しっかり押さえろ。こうだ。わかるな?」

「はい」

「やるぞ。三十数える間に終わらせる」

登志蔵が慎重に針を傷口に刺した。泰造が両脚を突っ張った。周囲の男たちが泰造の手足を押さえる。

二針目からは速かった。傷口から血が染み出すより、登志蔵の手が動くほうが速い。

瑞之助はしっかりと目を見開いた。まばたきひとつの間に、登志蔵は二針も縫ってしまう。見逃すわけにはいかなかった。

三十どころか、二十を数えるよりも早かっただろう。

「ふさいだぜ。泰造、よくこらえたな」

登志蔵は息をつくと、泰造の口に噛ませた布を外してやった。泰造の目から涙をぼろぼろと流れている。痛みの反動で、涙は自然と流れてしまうものだ。

安堵の吐息が、波紋のようにあたりに広がった。瑞之助は腰が抜けたようになって、地面にへたり込んだ。

登志蔵は広木に言った。

「この子ら、一応の手当てはしたが、まだ心配だぞ。腹の中に病があるかもしれんし、ろくに食ってねえらしいから力が足りていない。しかも、泰造は熱がある。こんなんで取り調べを続けるのかい？」

「八百屋騒動の大事な証人たちだからな。一人として欠けてもらっちゃ困る。この子らをどうするのがいいと、あんたは思う？」

「蛇杖院で預かりたい」

広木はおもしろがるように眉を上げた。

「ほう、蛇杖院の医者だったか。悪評はかねがね聞いているぞ」

「そうかい。そいつは嬉しいね」

広木は周囲の男たちに告げた。

「子供らを乗せる大八車を持ってこい。身寄りのない子供らを独り身の俺が預かるよりは、面倒見のいい医者のもとに置くのがいいだろう」

瑞之助は、血と酒で濡れた指先を見た。まだ少し震えている。怯えがもたらす震えではない。心を動かされると、魂にも体にも震えが走るものなのだ。

登志蔵の技を目の当たりにした。ふざけてばかりの人が、燃えるように真剣な目をしていた。金創を綴《と》じる技は、目の覚めるほど鮮やかだった。

瑞之助の肩を、登志蔵がぽんと叩いた。

「お疲れさん。すごいことに巻き込んじまったな、さすがの俺も驚いたぜ」

「私も本当に驚きました。まさかこんなことになるなんて」

「俺といると、退屈しねえだろう？」

「ええ。心が休まる暇もありませんけれど」

登志蔵は大口を開けて笑った。


五人の子供を預かることになった蛇杖院は俄然、にぎやかになった。傷を縫った泰造だけは熱が下がらずに寝込んだが、女の子たちは体に障りのない様子だった。

風呂を使わせ、たっぷりと食事をさせると、青ざめていた女の子たちの頰に赤みが差した。洗い晒しの着物はあり合わせで、痩せた体にはぶかぶかだったが、襤褸をまとっていたときとは見違えた。

蛇杖院の医者たちを前に、女の子たちは目配せをし合って、ぺこりと頭を下げた。

「一生懸命に働きます。だから、もう売り飛ばさないで。どうかお願いします」

必死の訴えを聞いて、瑞之助は言葉を失った。

蛇杖院に住むようになって、おふうやおうたの姉妹のように、幼いうちから働く子供がいることを知った。いや、話には聞いたことがあったが、頑是《がんぜ》ない子供が働くのを己の目で見知ったのは、ここに来てからが初めてだった。

人参と呼ばれた女の子たちは、おふうたちより、もっと痛ましい。口減らしのために売られてしまったのだ。自分が十かそこらだった頃を思い返し、瑞之助は思わず、拳で自分の頭を殴った。

「何やってんだ」

呆れた登志蔵が瑞之助の腕をつかんだ。

「自分が不甲斐なくて」

「やめろやめろ。頭なんか殴っても、何にもならんだろう。玉石さん、この子らの奉公先を探してやっちゃくれねえか？」

玉石は形のよい唇を微笑ませた。

「むろんだ。身の振り方を考えてやろう。ちゃんと腹いっぱい食わせてくれる、身代のしっかりした店を選ぼう。蛇杖院の働き手として、誰か残ってもらうか？どう思う、登志蔵」

「力仕事をさせることも多いからなあ。泰造が嫌がらなけりゃ、あいつはここに置きたい。なかなか肝が据わっているから、気に入った」

落ち着き先が決まるまで、子供たちはひとまず東の棟で寝泊まりすることになった。玉石は子供たちに仕事を与え、働きぶりを確かめている。

真樹次郎は仏頂面で、登志蔵に食ってかかった。

「あんたの行く先にはけが人が出る。前もこういうことがあっただろう。他人の喧嘩に首を突っ込んだり、やくざ者に襲われて返り討ちにしたり」

登志蔵はどこ吹く風である。

「相手が何者であれ、けが人を放ってはおけねえだろう。腕の立つ俺がそこに居合わせたことに感謝してもらいたいところだ」

「人にけがをさせておいてそれを治療するとは、悪徳じゃないのか？」

「今回はやってねえよ。巻き込まれただけだったもんな、瑞之助」

巻き込まれた、と言い切っていいのだろうか。そもそも登志蔵が猪鹿蝶の三人組をつけ回したりなどしなければ、刀を抜いて戦うことにもならなかった。

しかし、登志蔵がおもしろがって猪鹿蝶の根城を探り当てたおかげで、人買いの捕縛につながった。傷を負った子供たちをすぐに診てやることもできた。

瑞之助はぐるりと考えを巡らせたが、結局、歯切れ悪く言った。

「変なことに巻き込まれましたが、これでよかったんでしょうね、たぶん」

真樹次郎は呆れたようにため息をついた。登志蔵は上機嫌で真樹次郎の肩を抱いたが、真樹次郎に肘鉄を食らわされた。

それから数日のうちに、玉石は四人の女の子たちの奉公先を見つけてきた。そこには広木も一枚嚙んでいて、何かあったらすぐに自分に知らせろと、奉公先にも顔を出してきたらしい。

広木はあの一件以来、たびたび蛇杖院を訪れるようになった。忙しい勤めの合間を縫って、病者やけが人を連れてくるのだ。

「おい、ちょいと頼みがある。俺の下についていた目明かしが痛風を病んじまったんだが、薬はあるか」

押し込み強盗の一団をお縄にしたその足で、けがをした下っ引きを担ぎ込んだこともあった。

「捕物でしくじった。こいつ、脚が折れたかもしれねえんだ。急ぎで診てくれ」

かと思うと、人相書きを持って現れたこともある。

「あんたらはいろんな病者を診て、人の顔を覚えるのはもちろん、傷痕やあばたの位置も覚えているだろう? 下手人を捜しているんだ。右の脇腹に古傷のある、こんな顔の男に心当たりはないか？」

　そういう具合である。

　案内役に立つ瑞之助も、広木にあれこれ尋ねられて、とっくに素性を明かされている。広木は、旗本のお坊ちゃんがねえと珍しがったが、それだけだ。いまだに武家の体面を気にする文を送ってくる母や兄とは違い、広木はさっぱりしている。

「蛇杖院を贔屓《ひいき》にしてくださって、ありがとうございます」

　瑞之助がそう言うと、広木はひらりと手を振ってみせた。

「ここのやり方は理にかなっているからな」

「ほかでは見ないやり方でしょう。幾人もの医者を揃《そろ》えて、病者が寝泊まりする部屋も設《もう》けてあるなんて」

「いろんな医者が揃っているからいいんだ。俺は体が丈夫で、あまり医者にかからん。だから、下の者たちがけがをしたり病持ちだったりすると、どうしてやればいいかわからなかった。蛇杖院なら、とりあえず連れてくりゃあ誰かが診てくれる」

　まだ三十代の広木の采配に古株の目明かしたちが素直に従うのは、そういうところに種があるのだろう。広木は見るからに切れ者風で素っ気ないようでもあるが、その実、人への目配りが細やかだ。

瑞之助は、思い切って広木に尋ねてみた。

「北町奉行所の定町廻り同心で、大沢どのというかたをご存じですか？」

広木は眉をひそめた。

「知っているが、あいつがどうした？」

「以前、少しお話ししたことがあります。そのときに、あの、何と言いますか……」

「いじめられたのか」

「いえ、そういうわけではありません。ちょっと、どう受け答えをすればいいかわからなかっただけです。玉石さんは付け届けをしたりして、上手に付き合っているようなのですが」

広木は、帯に差した十手の房を指先にくるりと搦めた。

「大沢振十郎《しんじゅうろう》。俺より三つばかり下で、二十九のはずだ。昔からよく知っているよ。あいつは頭がいい。切れる手札は何でも切るってぇやり口の、油断のならねえやつでもある」

「なぜだかわかりませんが、大沢どのは蛇杖院を嫌っておいでのようなんです。真樹次郎さんのことも疫病神と呼んで、睨んでおられました」

「蛇杖院の評判は、町じゃあさほどよくねえよ。煙たがったり、怖がったりだ。その点で言やあ、振十郎のほうがまともで、ここに入りびたる俺のほうが変わり者さ」

「わかっています。でも、江戸の町の平穏を守る廻り方同心が、確かなわけもなく、蛇杖院を憎んだりするものでしょうか？　裏に何かあるのかと思うと、嫌な感じがして、不安になるんです」

広木は思案するそぶりで、はっきりとしない言い方をした。

「医者が奉行所にしょっ引かれることもある。医者が偽薬を作って売り、それを飲んだ人がどうにかなっちまえば、売った医者は捕らえられて引き回しの上、死罪だ。そこまでひどい偽薬でなければ、いくらか罪は軽くなるが」

「蛇杖院では偽薬など決して扱いません」

「知ってるさ。ここの医者は腕利きだ。瑞之助さん、あんたは素直すぎるぞ。俺が言いたいのはな、奉行所がその気になれば、どれほどの名医にだって罪を着せる口実があるってことだ」

瑞之助は言葉を失った。目を見開いたまま、身動きも取れない瑞之助に、広木は眉尻を下げて笑ってみせた。

「そう泣きそうな顔をするな。残念ながら、奉行所も一枚岩ではない。俺が属する南町奉行所と大沢の北町奉行所では、互いに食い違うところもある。俺はあんたらのことが好きだが、そうは思ってねえ連中もいる。ま、何かあれば知らせてくれ。俺も、奉行所はきれいな一枚岩になってほしいと願っているからな」

それ以上踏み込んだことなど、訊けなかった。

率直な広木の口から、蛇杖院の評判がよくないことを知らされてしまった。瑞之助は、頭をがつんと殴られたような心地だった。


広木との付き合いによって仕事の増えた真樹次郎は、いささか機嫌が悪い。

「書を読む暇がずいぶん減った」

瑞之助は、真樹次郎のなだめ役だ。

「人のお役に立てるんですよ。多くの人の病を治すことができるんだから、いいじゃないですか」

「分別くさいことを言うな。鬱陶しいぞ」

口では面倒くさがってみせるくせに、真樹次郎は手を抜かない。

一方、登志蔵もけが人の相手が増えた。その手伝いを瑞之助もしている。傷を縫うところも、息を詰めずに見ることができるようになった。

「私もいつか登志蔵さんみたいな技を身につけることができるでしょうか?」

登志蔵に問うと、そのときは、そうだなあと言われるだけだった。後になって、登志蔵は端切れと裁縫道具を持って、瑞之助の前に現れた。

「この端切れで、人形遊びの着物を縫ってみろ。縫い目はできるだけ小さく、細かくする。このくらい作れなけりゃ、金創を縫う外科医にはなれねえぞ。端切れなんかより、人の肌のほうがよっぽど縫いにくいんだからな」

登志蔵は季節外れの内裏雛《だいりびな》を披露した。二つ並べても登志蔵の片方の手のひらにすっぽり収まるほどの、小さな人形だ。

瑞之助は裁縫道具を受け取った。

「手先を使う仕事には自信がありますよ。私も作ってみます」

「うまくできたら、おうたちゃんに贈ってやりな。人形の着物もいくつか作ってやれば、飽きずに遊んでくれるだろう」

「いいですね。おうたちゃんには内緒で作ることにします」

「ああ、驚かせてやるといい」

季節は秋が深まりつつある。庭の木は、鮮やかに色づくものもあれば、さっと枯れて裸になるもの、濃緑色の葉をつけたまま冷たい風に耐えるものと、さまざまだ。

瑞之助は年が明けるまでに、自分の果たすべき大願を見つけ出さねばならない。それが玉石との約束だ。

もうあまり時がない。焦りそうにもなるが、そんなときこそ、心を落ち着けるために手先を動かすことにする。瑞之助は針に糸を通した。

「よし」

おうたの喜ぶ顔を思い描きながら、瑞之助は端切れを手に取った。

第四話　果たすべき大願

一

瑞之助はおうたに請《こ》われて、字の手本を書いた。

六つのおうたは、まだ手習いの稽古《けいこ》を始めていない。姉のおふうは十の頃まで近所の手習所に通っていたというが、今は仕事の合間を縫って、桜丸や巴が読み書きを見てやっている。

冬の初めのある日のことだ。

おうたが、瑞之助に字を教わりたいと言い出した。

「うた、ってどう書くの？」

「おうたちゃんは、自分の名前を読めるようになりたいんだね」

「うん。それから、みずのすけ、という字も知りたいの。ねえ、瑞之助さん。ここに書いてみて。うた、みずのすけ、って」

「はいはい。わかったよ」

瑞之助はくすぐったい思いで、おうたが望んだとおりに筆を運んだ。う、た。み、ず、の、す、け。一文字ずつ読み上げながら、紙に二人の名を並べた。

「こっちが、うたなのね。瑞之助さんの名前は、ちょっと難しいな」

「稽古をすれば、すぐに覚えられるよ。おうたちゃんも書いてみるかい？」

瑞之助の問いに、おうたは目を輝かせた。

「書いてみる！」

瑞之助は、おうたの前にまっさらの紙を広げてやり、筆を取らせた。

「私がさっき書いたとおりに、筆を動かしてごらん。一つずつ教えてあげるからね。まずはここに点を打って」

「はい」

おうたは紙いっぱいに大きな字を書いた。

うた、みずのすけ、と、たったそれだけ書く間に、おうたの両手は墨で黒くなり、筆も紙も汚れた。指差しながら筆の運びを教えた瑞之助の手も、もちろん真っ黒になった。

「よく書けたね」

誉めてやると、おうたは、はにかんで笑った。

「うた、もっとたくさんお稽古して、上手になりたい」

「それじゃあ、私が書いた手本を持って帰って、指でなぞって稽古をしてごらん」

「うた、まだ六つだよ。字、ちゃんと覚えられるかな？」

「おうたちゃんならできるよ。稽古をしたら、きっと字が上手になる」

「うたが字を書いたら、瑞之助さんも嬉しい？」

「もちろん嬉しいよ。おうたちゃんはいろんなことに励んでいるから、私も医術の修業を怠らずにちゃんとやろうと思えるんだ」

おうたは、にっこりと笑った。

「それじゃあ、うた、字のお稽古をするね。瑞之助さんが喜んでくれるんだもの」

おうたは手本の紙を大事そうに抱えて、姉のおふうに手を引かれて帰っていった。おうたが書いたほうの紙は、瑞之助の机の上に残った。

幼い子供の書いた字は、なぜこんなにもかわいらしいのだろう。おうたの字を見ていると、みずのすけという、とっくに見慣れた自分の名前さえ、この上なく誇らしく思える。

瑞之助は、おうたの字の紙をそっと、うずたかく積んだ書物のいちばん上に置いた。どこかに紛れ込んだり飛んでいったりしないよう、お気に入りの文鎮を載せておいた。

冬めいた日のことで、墨はすぐに乾いた。


その日の夕方、洗濯物の取り込みに駆り出された瑞之助は、吹き抜けた風の冷たさに首をすくめた。

拝み屋の桜丸が、空と同じ茜色《あかね》の小袖《こそで》を風に揺らしながら、ぽつんとつぶやいた。

「嫌な季節が来たようですね」

「冬は、嫌な季節ですか」

「あい、よくありませんね。星空や雪が美しい時季ではありますが、人の体には酷な日が続きます。真樹次郎も、冬は嫌だと言うでしょう。寒邪が暴れる季節には、どうしたって病が増えますから」

紅を塗ったように赤い桜丸の唇が、苦々しげに歪《ゆが》んでいる。

瑞之助は先回りして訊いた。

「悪い予感がありますか」

「不吉です。おけいに言って、華陀着をたくさん使えるようにしておきましょう。薬が足りているか、玉石さまと真樹次郎にも確かめないと」

くっきりと長いまつげが、桜丸の頬に影を落としていた。

拝み屋の桜丸の予感はよく当たる。

「病と闘う支度をするなら、私もお手伝いします」

「当たり前ですよ。一緒においでなさい」

塗下駄を鳴らして歩き出す桜丸に、瑞之助はいそいそと付き従った。


桜丸は拝み屋である。桜丸の目には、姿かたちのないものが見えるらしい。桜丸はそれを穢《けが》れと呼ぶ。桜丸の言う穢れとは、漢方医術で言うところの風邪《ふうじゃ》や寒邪など、病をもたらす邪のことと考えるのが近いらしい。

漢方医の真樹次郎は、すでに病んだ人の体を診て、病邪の正体とその宿所を言い当てる。蘭方医の登志蔵も、治療の手法こそ漢方医術とは異なるが、病の診立てをするところまでは真樹次郎のやり方に近い。

桜丸のやり方は、根っこのところから違っている。病をもたらす穢れが、桜丸の目には映る。穢れを祓《はら》ったり避けたりすることで、人を病から守ってやれるのだ。

そんなふうに、真樹次郎と登志蔵、そしておけいからは聞かされている。

瑞之助はまだ、桜丸の本領を見ていない。瑞之助は、幽霊も妖怪も祟《たた》りも呪いも、今ひとつ信じられないたちだ。桜丸の目に映るという穢れなるものも、一体何なのだろうかと思ってしまう。

桜丸は人をよく見ている。いや、少しでも障りがあれば、目に留まってしまうらしい。

あれは風が乾いて肌寒い日が増えてきた、晩秋の頃のことだ。

瑞之助は、久方ぶりに手が荒れた。働き始めてすぐの頃に、まめやさかむけができて以来だ。

指を曲げた弾みで、ぷつん、と肌が裂けた。節のところが乾いてかさつき、ついに傷になってしまったのだ。裂けた傷口から血がにじみ、ひりひりと痛んだ。

瑞之助は傷口を舐めてごまかしたが、たちまちのうちに、桜丸に見つかった。

「何をしているのですか。瑞之助、傷をお見せなさい」

「いえ、このくらい、大した傷では……」

瑞之助がしまいまで言うより先に、桜丸はぴしゃりと叱った。

「傷をお見せ！　血は穢れを仲立ちしちまうんだ。小さな傷だからって、ほったらかしにしちゃあならねえと、いつも言っているじゃねえか」

日頃は丁寧な物言いをする桜丸だが、締めるときはきっちり締める。人が違ったかのように伝法《でんぼう》な口を利くので、瑞之助は毎度、びっくりさせられる。

「すみません」

瑞之助は背を丸めて謝り、桜丸に手を差し出した。桜丸は、なおも小言をつぶやきながら、瑞之助の指の傷口をきれいに洗い、そこに膏薬《こうやく》を塗り込んだ。

「終わりましたよ」

「ありがとうございます。手間を取らせて、すみませんでした」

桜丸は、黒目がちの双眸《そうぼう》で瑞之助の顔をのぞき込んだ。

「瑞之助はすぐに謝る癖がありますね。謝りさえすればごまかせるとお思いですか？　よくない癖でしょう。その場限りで謝っても、振る舞いを改めなくては、何の意味もないのですから」

見透かされたような気がして、瑞之助は目をそらした。

「すみません」

「ほら、また謝りましたね」

瑞之助は、ついうっかり謝りそうになるのを呑み込んだ。

ぶつかったときには自分が折れればよいと、いつの頃からか、瑞之助は身につけていた。瑞之助が穏やかに微笑んで、すみませんでした、失礼しました、と頭を下げれば、たいていのことはうやむやになる。

桜丸は瑞之助の浅知恵を見抜いている。かなわない相手だと思うと、瑞之助は肩の力が抜けた。

「口癖のように謝るのは、確かに、誠実ではありませんよね。気をつけようと思います。ええと、この手指の傷は、すぐに治りますか？」

「あい、治りますとも。さほど厄介な傷ではありません。瑞之助、これは、あかぎれというのですよ。寒い季節に水仕事をした後、ろくに手を拭かずにいると、こんなふうに手指が傷ついてしまうのです」

「桜丸さんの手は、あかぎれにならないんですか？　桜丸さんは誰よりもよく手を洗っているでしょう？」

「濡れたままにせず、まめに椿油を塗り込んでおけば、あかぎれにはなりませぬ。おけいや巴たちにも、同じようにさせています。瑞之助にも、あの子たちに渡してある油や膏薬を分けてあげましょう」

「ありがとうございます」

「瑞之助、あかぎれの傷がふさがるまでは、清めの仕事をやってはなりませぬ。洗濯物にもさわらぬよう」

「仕事を限られてしまうのは困ります。私が働けないぶん、ほかの皆に任せることになるんですから」

「いけませぬ。さわったものを血で汚してしまうでしょう。それは危ういことなのですよ」

「傷口を布で覆っておきますから」

桜丸はため息をついた。

「駄目です。あなたは穢れが目に見えませぬ。わたくしの言うことも信じておりますまい。せめて医術の心得がもっとあれば、危ういものとそうでないものの見分けがつくのでしょうが」

「こんなに小さな傷が危ういというんですか?」

「あい、危うございます。穢れは血を好みます。血は、体の中を巡っているうちは健《すこ》やかですが、外に流れ出た途端、穢れに狙われるのです」

「穢れ、ですか」

「穢れは病を引き起こすものです。あなたの手の傷口から、穢れが体に入るかもしれませぬ。あなたが流した血が穢れにやられてしまったのを、別の誰かがさわって、病を得るかもしれませぬ。わたくしの目にはそれが見えてしまいます」

「目に映ると、嫌なものなんですか?」

穢れとは何だろうと、瑞之助はやはり思ってしまう。どれだけ言葉で説いて聞かされても、目に見えないものを思い描き、その存在を信じるのは難しい。

真樹次郎から、これが医者になるための筋道だと示された書物の中には、穢れとは何かという問いの答えは書かれていない。玉石から借りる、医術のための和《わ》解《げ》の類にも載っていない。

桜丸は瑞之助の顔をまっすぐ見上げ、しかめっ面で吐き捨てた。

「わたくしの両の目に映る穢れの姿かたちは、気味が悪うございますよ。あんなものには手を触れたくもありませぬ。瑞之助、あなたの目には映らぬものであっても、本当にあるのです。穢れを軽んじてはなりませぬ」

「わかりました。気をつけます」

桜丸は瑞之助の胸を軽く小突いた。

「もっと寒くなれば、知ることになりますよ。たとえ見えなくとも、穢れというものがそこにあることを、あなたも嫌というほど知ることになりましょう」

二

おうたに初めて字を書いてやった次の日は、ぐずぐずと曇って、いっそう冬めいていた。

珍しいことに、その日は、おふうとおうたの姉妹が蛇杖院に現れなかった。瑞之助も心配になってそわそわしたが、もっと不安げな顔をしたのは真樹次郎だった。

「何の知らせも寄越さずにあの子たちが来ないというのは、初めてだ。何かあったんじゃないか？」

「かぜでもひいたんでしょうか」

「そうならそうと、同じ長屋に住まう子供がひとっ走り、ここに知らせに来る。今まではそうだった」

真樹次郎の眉間の皺が深い。瑞之助はあえて明るく言ってみせた。

「ほかに何か用事でもあるのかもしれませんよ」

「それならいいんだが。嫌なかぜが流行《はや》り始めているらしいんだ。二月におまえが患《わずら》ったダンホウかぜが、また来たのかもしれん。何にせよ、備えあれば患《うれ》いなしだな。使い勝手のいい薬種を薬研で挽いておくか。瑞之助、手伝え」

「はい！」

このところ、真樹次郎は薬の調合をするとき、瑞之助にも役割を与える。瑞之助は薬匙の微妙な塩梅《あんばい》もすぐに覚えた。瑞之助の手先の器用さは、真樹次郎も認めるところとなっている。

少しずつ、医者になるための道を進んでいる手応えがある。医書の素読はもちろん、手を動かしているときが瑞之助は好きだ。

もう一つ、玉石に課された題目がある。

医者として果たすべき大願を見出すこと。

それも、年明けまでにという約束だ。

真樹次郎にも幾度となく相談してみた。真樹次郎はきちんと向き合って答えてくれるが、最後には必ず同じ結論に行き着く。

「瑞之助自身が、自分なりの言葉でそれを見つける必要がある。見つからないのなら、機が熟していないんだろう」

しかし、もうあまり時がない。すでに寒くなってきたところなのだ。

おうたがいない一日は、すうすうと脇を吹き抜けていく風がひどく冷たく感じられた。

「明日は会えるだろうか」

瑞之助は、おうたの書いた字を手に取ってつぶやいた。

にわかに急場が出来《しゅったい》したのは、その翌朝である。

瑞之助は朝助と共に水汲みの仕事を終え、登志蔵に付き合って剣術稽古をしているさなかだった。

門前を掃いていた巴が、痩せた女を抱えて、館のほうへすっ飛んできた。巴は慌てふためいて言った。

「桜丸さま、玉石さま、大変です！　真樹次郎さんも登志蔵さんも聞いてください。おふうちゃんとおうたちゃんが、大変なんですって！」

巴に支えられてどうにか己の足で立った女は、おふうとおうたの母だった。おなつという名を、息を切らして告げた。

肺に病があると聞いている。無理をしてここまで歩いてきたようで、今はもう、息をするだけでも精いっぱいだ。

瑞之助は、起き抜けの真樹次郎を長屋から呼んできた。おけいが玉石と桜丸を呼び、登志蔵はおなつに楽な姿勢をとらせた。

集まった医者たちに、おなつは告げた。

「長屋が大変なんです。子供たちが吐いて、腹を下して、動けないんです。長屋の子供みんなが、一斉に腹をやられたようで、熱も高くて、どうしようもない。助けてください」

真樹次郎と桜丸は、天を仰いだ。

「やはり来たか」

「不吉な感じがしていたのです」

瑞之助は真樹次郎の袖をつかんだ。

「真樹次郎さん、私は何をすればいいですか」

「こういうときの大将は桜丸だ。俺じゃあない。桜丸の指図に従う」

そこまで告げた真樹次郎は、ふと視線を転じた。胡乱《うろん》な目つきである。真樹次郎は登志蔵を見据えていた。

真樹次郎の視線を追い掛けて、瑞之助は、登志蔵の血の気が引いていることに気がついた。恐れ知らずのはずの登志蔵が、真っ白になった唇を噛み締めている。

「登志蔵さん？」

瑞之助は登志蔵の顔をのぞき込んだ。登志蔵は目を泳がせた。一歩、よろめくように下がったのを、真樹次郎がつかまえる。

「逃げるなよ。こたびこそは、きっちり働いてもらうぞ」

玉石が采配を振った。

「桜丸、真樹次郎と登志蔵と瑞之助を連れて、おふうたちのところへ行け。今すぐだ。病が重いようなら、ここに連れてくるといい。東の棟の支度をしておく」

巴が声を上げた。

「あたしも行きましょうか？」

桜丸が巴を見て、かぶりを振った。

「巴は蛇杖院に残りなさい。ここで皆が動くのはよくないでしょう。巴には、おなつの世話を頼みます。北の棟は空けておくのです。おなつは長屋の空き部屋で休ませておあげなさい」

玉石がこめかみを押さえてため息をついた。

「桜丸、東も北も使うことになりそうか？」

「あい。今、江戸の町に広がりつつある穢れは、一種きりではないようですから」

「桜丸がそう言うなら、まずいことになるんだろうね。烏丸屋に使いをやって、手を寄越させよう。登志蔵、泰造を借りるぞ。あの子は聡《さと》くて足が速い」

蒼白な顔の登志蔵は、黙ってうなずいた。

各々の役割がはっきりすると、一同は、ぱっと散会した。

瑞之助は、つい昨日支度をした華陀着に着替え、真樹次郎を手伝って荷物を大八車に積んだ。

桜丸を先頭にして、一行はおうたたちの住む駒形《こまがた》長屋へと駆けた。

吾妻橋を渡ってすぐのところに、駒形長屋はある。駒形の渡しやその周辺の茶屋で働く者が多く住んでいたから、それにちなんで名づけられたらしい。

そんなふうに瑞之助に教えてくれたのは、おうただ。拙《つたな》い言葉で一生懸命に話してくれた。ちょっとわからなかったところは、後で姉のおふうに訊いた。

いつか遊びに来てねと、おうたに誘われていたのに、初めて訪れたのがこの急場だ。瑞之助は、襤褸《ぼろ》や酒を積んだ大八車を引いている。

木戸をくぐった途端、きつい匂いがした。厠まで間に合わなかったのか、溝のそばに下痢便が捨て置かれている。吐いた痕もある。それがあちこちだ。

「誰かいますか？」

桜丸が呼び掛けた。

手前の部屋から、水夫《かこ》らしき男が出てきた。華佗着をまとっていてさえ華やかな桜丸を、男も見知っているのだろう。拝み屋さまと、男は迷うことなく呼んだ。

「すまねえ、拝み屋さま。俺のせいだ。四、五日前、俺がちょいと腹を壊していた。すぐに治ったんで、医者にも行かなかったし、長屋の皆にも言わなかったんだが、このありさまになっちまった」

声を聞きつけたらしく、別の部屋から、職人とおぼしき男が飛び出してきた。

「あんたのせいじゃねえよ。三日前、一緒に酒を飲んで、俺が早々に酔って吐いただろう。二日酔いにもなった。でも、あれは酒のせいじゃなかったかもしれねえ。ひょっとしたら、たちの悪い病が……」

桜丸が右手を軽く挙げ、男たちの話を制した。

「わかりました。お二人とも、己を責めてはなりませぬ。あなたがたが病を発した後、順に病が広がって、今は子供らが一斉に倒れてしまったということですね。子供たちはどんな様子ですか？　どの部屋に住んでいて、年がいくつで、名前は？」

桜丸の矢継ぎ早の問いに、水夫が答えた。

「いちばん奥の部屋に十二のおふうと六つのおうた、その手前に十の伊左次《いさじ》、その向かいの太郎《たろう》と千代《ちよ》と万造《まんぞう》が十二と九つと八つでさあ。皆、腹を下して何も食えねえ。水を飲ませても吐いちまいます」

六人の子供が、三つの部屋で寝ている。汚物がそのままになっているのは、ちょうどその部屋の前だ。

「親たちは？」

真樹次郎が短く問うと、男たちは口々に答えた。

「おふうとおうたのおっかさんは、胸の病で体が弱い。おうたの具合がおかしいと勘づいたおふうが、真っ先におっかさんを差配さんの家にやりました。病をうつしちゃなんねえからって。その後、おふうも熱を出しちまった」

「伊左次のおっかさんも具合が悪そうだが、伊左次よりはましだ。伊左次を看病してやってます。三人きょうだいの親は、自分の子とおふうたちのところと、行ったり来たりです」

桜丸は沈鬱な顔をした。

「やはり、子供は穢れに冒されやすいものですね。七つまでは神の内、と申すとおりです」

人には見えないものを見る桜丸の目が、じっくりと、あたりを一望する。

裏長屋は薄暗くて湿っぽい。日が当たらず、風が吹き込まない。二棟が向かい合っており、それぞれ四つの部屋が並んでいる。奥に水場と厠がある。

声を聞きつけて、ほかの部屋からも店子たちが姿を現した。一様に顔色が冴えない。腹をさすっている者もいる。子供たちが臥《ふ》せっているのと同じ病のせいだろう。

桜丸は凜と声を張り上げ、店子たちに指示を出した。

「すでに病を得て快復した者は、汚物を拭って地に水を流しなさい。溝も厠も、すべての部屋もです。襤褸を持ってまいりました。これを使って掃除をしたら、汚れたものは燃やしておしまいなさい」

初めに各々の部屋から出てきた男ふたりが、真っ先に動いた。

桜丸は、さらに指示を飛ばす。

「病者が手を触れたところを、わたくしが持ってきた御酒《おみき》で清めなさい。酒に浸した襤褸を使って、穢れを拭き取るのです。二度三度と拭けば、穢れは祓えます。それから、湯を沸かしなさい。手と口の両方に触れるもの、例えば箸や茶碗、子供のおもちゃも、すべて釜茹でにするのです」

店子たちは、ばたばたと動き出す。瑞之助も加わろうとして、真樹次郎に肩をつかまれた。

「うつるぞ」

「でも」

「俺やおまえは桜丸と違って、穢れを見る目を持たんだろう。何を避ければいいのかを見分けることができん。下手に動くんじゃない。この病は冬に流行るんだが、気をつけていても、すぐにうつる。桜丸の指図があるまで、動くな」

　瑞之助は真樹次郎の手を振り払った。

「何という病なんです？　『金匱要略』の第十七は、嘔吐・噦《えつ》・下利病の脈証並びに治という節で、吐いたり腹を下したりする病者の脈を診れば、どんな薬を処方すべきかがわかると論じてあります」

「腹が痛んで嘔吐や下痢の証を呈する病は、第十七節だけに書かれているわけじゃあない。第十節の腹満でも、第十一節の五臓に風寒が積集する病でも、第二十から二十二の婦人病の節でも、あちこちで述べられている」

「それは……だったら、医者は何を頼って、何をすればいいんです？」

「医者が治法を覚えるのは、病者を型に塡《は》めるためじゃあない。書物に記された知は、礎だ。俺たちはそこに立って、病者と向き合う。証に臨んで知を紐解くことで初めて、正しい答えがわかる。瑞之助、まずは思い込みを排するんだ」

　真樹次郎を振り向いて、桜丸は笑った。

「よく言いますよ。真樹次郎、あなた、以前は病者と接することを嫌がっていたではありませぬか。書物の校勘をする暇がなくなるからと、診療を渋ってばかりでした」

「二年も前のことだろう」

「いいえ。きちんと病者に向き合うようになったのは、今年の春頃からでした。ダンホウかぜでてんやわんやになって、それでやっと吹っ切れたようでしたね。瑞之助が弟子入りしてくれたので、ずいぶんよくなったのですよ」

真樹次郎の色白な顔に朱が差した。鼻から下を覆う布をつけていても、赤面したのがうかがえた。

「余計なことを言うな。無駄口を叩いている場合ではないぞ。俺はそろそろ子供たちを診る。いいだろう、桜丸」

「汚物には触れぬように、お気をつけなさい。病者の手や口にも、できるだけさわらぬようになさい」

「それでは脈が取れん」

「ならば、こまめに手を洗うのです。華陀着も頭巾も、蛇杖院に戻ったら必ずすぐに洗わねばなりませぬ」

「いちいち細かいな。わかっていると言っているだろう」

「さようですか？　夢中になると、すぐに忘れてしまうでしょう。医者が体を壊していては、話になりませぬ。瑞之助、真樹次郎を見張っておきなさい」

小言を続ける桜丸をよそに、真樹次郎は瑞之助に、行くぞと告げた。

裏長屋に足を踏み入れたのは、これで何度目だろうか。悲しくなるほど安普請《やすぶしん》だ。壁の板は薄い。紙が貼られているのは、板の隙間をふさぐためだ。

真樹次郎はいちばん奥の部屋へ向かった。おふうとおうたが母のおなつと暮らす部屋だ。厠に近く、匂いがきつい。

「入るぞ」

ひと声かけて、真樹次郎は戸を開けた。瑞之助はその後ろから、中をのぞいた。

おふうが無理やり体を起こした。

「真樹次郎さん、来てくれたんだ」

しっかり者のおふうが、髪も着物もめちゃくちゃだった。薄暗い部屋の中で、痩せた体が頼りない。頬がげっそりとしている。

「具合はどうだ」

「あたしは峠《とうげ》を越しました。おなかの中にあった痛くて気持ち悪いのは、全部出ていった。でも、おうたがよくない。おうたが……」

おふうは、傍らのおうたを揺さぶった。

ありったけの着物を掛けられたおうたは、浅い息を繰り返している。

「おうたちゃん」

瑞之助は、おうたを呼んだ。

おうたはうっすらと目を開けた。瑞之助のほうを向いたが、呼んだ者が誰なのかわかったのかどうか。透き通りそうにきれいな色をした白目が、薄い光を映してきらきらとした。

瑞之助はぞっとした。生気がないおうたは、今にも消えてしまいそうに見えた。

ぱちん、と音を立てて、瑞之助の頭の中で何かが爆《は》ぜた。気がついたら、体が動いていた。

瑞之助は下駄を脱ぎ散らし、部屋に上がり込んで、おうたのそばに膝を突いた。

おうたに掛けてある着物には、吐いたものがそのままになっている。酸っぱいような、下痢の匂いもする。おうたはすっかり汚れているが、そんなのはどうでもよかった。

「ねえ、おうたちゃん。おうたちゃん、私だよ。瑞之助が来たよ」

瑞之助はおうたの肩を揺さぶった。応えがない。小さな体を抱き上げると、ひどく熱いのがわかった。

おふうは泣き顔だった。

「この子、ずっと苦しそうなの。一昨日の晩、夕飯の後に吐いたと思ったら、おなかを壊して、あっという間に熱が上がって、目を覚まさなくなっちゃった。あたし、怖くなった。おっかさんを差配さんのところに行かせてあたしが様子を見ていたけど、朝にはあたしも起きられなくなって」

真樹次郎は部屋に踏み込み、素早くおふうの脈を診た。茶碗が転がっているのに目を留める。

「薬は飲んだのか？　腹の薬は渡してあっただろう」

「おなかが痛くて熱があるときは柴胡桂枝湯《さいこけいしとう》でしょう。薬包をお湯に溶いて、あたしは飲みました。おうたがなかなか飲めなくて、さっきようやくちょっとだけ、吐かずに飲めたんだけど」

言うや言わぬやのその途端、おうたが体を強張らせた。何をするにも間に合わなかった。おうたは、瑞之助に抱えられたまま、嘔吐した。

薬の色の混じった、とろりとしたものが、おうたの口からあふれた。胃の中にはもう、吐けるものが何もないようだ。胃酸の匂いが瑞之助の鼻を突いた。着物の胸がじっとりと湿ってくる。

ああ、と、おふうが悲痛な声を上げた。

「駄目よ、おうた。お薬を飲んで。お水も飲まなけりゃ、干からびちまうってば！」

真樹次郎は、ぱっと動こうとしたおふうを押しとどめた。

「おうたの面倒は、蛇杖院で見よう。おふう、おまえたちも皆だ。蛇杖院に連れていく。瑞之助」

「はい」

「おまえはおうたを抱えて、一足先に蛇杖院に戻れ。ほかの子供たちは、俺と登志蔵が大八車で運ぶ」

「わかりました」

「玉石さんに長屋の様子を伝えろ。これは疫病の類《たぐい》だ。病邪は、東の棟に封じ込めて対処する。その支度を整えてもらう」

「ダンホウかぜのときと同じようにするんですね」

「そうだ。それから、その着物はなるべく早く着替えろ。さもなけりゃ、おまえにも病がうつるぞ。さあ、早く行け」

瑞之助は下駄をつっかけると、おうたをしっかりと抱き直し、部屋を飛び出した。

桜丸は、登志蔵や長屋の男たちにお清めの音頭を取っていたが、振り向いて顔をしかめた。

「おうたですか」

「先に蛇杖院に連れていきます」

おうたの顔を見るなり、桜丸は息を呑んだ。

「よくないようですね。瑞之助、おうたの名を呼び続けなさい。魂をこちらにつないでおかねばなりませぬ。名前は、魂をこの世の体につなぐ絆《きずな》なのです」

「わかりました」

桜丸は、天を仰いで祝詞《のりと》らしきものをつぶやいた。

瑞之助はおうたを抱え、脇目もふらずに蛇杖院へと走った。

蛇杖院の門前には玉石がいた。掃除をする朝助を話し相手に、手のひらの上で日和丸を遊ばせながら、瑞之助たちの帰りを待っていたのだ。

玉石は、息せき切って駆けてくる瑞之助を見た途端、顔を険《けわ》しくした。

「抱えているのは、おうたか」

瑞之助は胸の中のおうたを見た。桜丸に言われたとおり、おうたの名を呼びながら走ってきた。

おうたは、息をしている。ぬくもりがある。苦しそうだが、病に命を奪われてはいない。

「玉石さん、あと五人の子供たちが、もうすぐ蛇杖院に運ばれてきます。東の棟に部屋を用意してください。おなつさんに聞いていたとおり、子供たちは吐いたり下したりで弱っています。疫病の類だと、真樹次郎さんが言っていました」

玉石はうなずいた。

「東の棟は、すでに病者を迎え入れる支度ができている。おうたを部屋に寝かせてやれ。そうしたら、瑞之助、おまえは行水をして着替えろ。すぐにだ。そのままでは、おまえも病に冒される」

玉石も、真樹次郎や桜丸と同じようなことを言う。

なぜとは問わぬままに、瑞之助は従った。

瑞之助は、東の棟の端の部屋におうたを寝かせた。襖で仕切られた部屋には、布団がすでに敷かれていた。飲ませるための水や、嘔吐に備えた盥《たらい》や襤褸なども揃えてあった。

しんとしている。そこにおうたを一人で残すのは後ろ髪を引かれるようだったが、瑞之助は急いで土間に向かった。体を清めるのに十分な水が、そこに用意されていた。

瑞之助の華陀着は汚れきっていた。おうたの吐いたものや漏れ出た下痢で、べちゃべちゃしている。

ひどい格好だと、瑞之助は思った。頭のどこかが痺れたようにぼんやりとして、嫌だとか気持ちが悪いだとか、そういうことを感じなかった。匂いもわからなくなっている。

急いで着替えておうたの部屋に戻り、瑞之助は仰天した。

「玉石さん」

華陀着に身を包んだ玉石が、おうたの世話をしていた。おうたの着物が替えられている。襁褓《むつき》も当ててあるようだった。

玉石がおうたの体を抱え、ガラスの管を使って水を口に含ませようとしていた。しかし、手つきは危なっかしい。玉石の頭巾と覆面からのぞく肌に汗が光っている。

「幼子くらい、わたしにも抱えられるだろうと思ったが、存外重たいな。着物を剝《は》ぐだけでも骨が折れた」

「目が覚めているときは体を預けてくれますから、もっと抱えやすいんですよ。おうたちゃんの世話、私が代わりましょうか?」

玉石は目元を和らげた。

「そうしてくれ。慣れんことをするものじゃないな」

玉石が手にしていたのは、ガラスの管にゴムの袋を取りつけた道具だった。舶来品だろう。

「この道具は」

「スポイトという。袋をつまんだまま管の先を水に浸し、袋から手を離すと、袋が元の形に戻る動きで、管に水を吸い上げる。これを使えば、おうたの口に少しずつ水を運んでやれると思ったんだが」

玉石の膝が濡れている。

「水、こぼしてしまったんですね」

「うまく飲ませることができなかった。わたしには、こういうのは向いていないな」

「いえ。おうたちゃんを一人にしないでくれて、ありがとうございます。ここは私が引き受けます」

玉石は、すっと立ち上がった。

「風呂に入って身を清めてくる。この東の棟は、男衆で仕切ってもらう。女衆には立ち入らせん。男衆がほかの棟に立ち入ることも禁ずる。穢れの流れを、そうやって断つんだ」

「穢れ、ですか。それは一体何なのですか？」

「人に病をもたらすもの、とでも言えばいいか。桜丸から聞いていないか？」

「幾度聞いても、よくわからないのです。人に病をもたらすものといえば、物語や伝説にはよく現れますよね。例えば『平家物語《へいけものがたり》』の剣の巻では、源頼光《みなもとのらいこう》もそういうものに見舞われた。頼光が数日おきに高熱を発する病に悩まされたときの、蜘蛛切《くもきり》の物語です」

「身の丈七尺もの法師の姿をとって頼光の枕元に忍び寄ったそれの正体は、土蜘蛛だったたな。物語の上では、病の化身として、恐ろしげな姿を持つ妖怪が描かれるものだ。疱瘡《とうそう》をもたらす疫病神ともなれば、絵図を見たことがない者はいないだろう」

「桜丸さんの目に映る穢れとは、そういう妖怪の類なんでしょうか」

「強いて言えば、塵や煙のように見えるものが多いそうだ。水底の泥のようなものもあるとか。しかし、こう踏み込んで尋ねたいのなら、自分で桜丸に問えばよいものを。桜丸はきつい物言いをすることもあるが、その実、ずいぶんと根気強いぞ」

あっ、と瑞之助は声を漏らした。

「登志蔵さんにも同じようなことを言われているんでした。人に関心があるのなら自分でぶつかっていけ、と。加減を誤って踏み込みすぎてもいい、そのときはちゃんと叱ってやる、だから思い切ってぶつかってみろ、と」

瑞之助の声は尻すぼみになった。

玉石には、昔のことなど教えてやらんと突っぱねられたことがある。あのとき、虎の尾を踏んでしまったかと、瑞之助は恐れた。

実際に玉石と交わした言葉よりも、すみませんとうなだれた瞬間の、凍りつきそうなほどの恐怖が強く胸に刻まれている。

瑞之助はごまかすように、おうたの体を横抱きにし、スポイトで口元に水を運んだ。おうたは目を開かないまま、口をもごもごさせた。

そんな様子を、玉石は立ったまま眺めていた。

「手先が器用だな、瑞之助は」

「はい。これだけは取柄だと思っています」

「手先だけではあるまい。手厳しい真樹次郎が、ずいぶんとおまえに目を掛けている」

「真樹次郎さんの期待に応えることができていればいいのですが」

医術という、途方もなく大きなものに立ち向かうことへの不安がある。それと同じくらい、こんなにも学び甲斐のあるものに出会えたことへの喜びがある。

そして、決してかなわないと瑞之助に感じさせる人々が、蛇杖院には集っている。本当に秀《ひい》でた人々の中でなら、力の限りを尽くして研鑽《けんさん》できる。

それは瑞之助にとって純粋な喜びだ。体も心も縮めるようにして、ただ無難に日々をやり過ごしていた頃の暮らしには、もう戻れない。

玉石は、頼んだぞ、と瑞之助に告げて立ち去った。

瑞之助はおうたに呼び掛けながら、少しずつ水を飲ませた。

おうたの体は、時折ぶるぶると震えた。すでに体は熱いのに、まるで寒くてたまらないかのように震えるのだ。

「しっかりしてくれ、おうたちゃん」

ダンホウかぜで、もう死んだと思ったときのことが頭をよぎった。体じゅうが痛んで、苦しくてたまらなかった。今は、小さなおうたがあんなつらい思いをしている。

瑞之助はまだ医者ではない。おうたの病を治してやることができないし、どうすればいいのか、ちっともわからない。代わってやることもできない。

嚙み締める唇があちこち裂けて、ずきずきと痛んだ。覆面の下がじっとりと湿って、汗をかいている。

三

表が騒がしくなったと思うと、駒形長屋の子供たちが東の棟に運び込まれてきた。

桜丸が男衆に指図する声が聞こえる。真樹次郎と登志蔵に加え、駒形長屋の男が二人と朝助が、子供たちをそれぞれの部屋に寝かせてやっているらしい。

瑞之助も手伝いに出るべきかと思ったが、やめた。

先ほどから、おうたの小さな手が、瑞之助の左の人差し指をつかんでいる。弱々しい力だ。ほどくのはたやすいが、だからこそ、ほどいてしまうのが怖かった。

ほどなくして、それぞれの部屋の様子が落ち着いた。

真樹次郎が、おうたの部屋の襖を開けた。瑞之助は我知らず、ほっと息をついた。真樹次郎のほうは、険しい目元を緩めない。

「瑞之助、おうたの様子は？」

「熱が高いままです。脈は私より倍近くも速く、息苦しいようで、口で呼吸をしています。水を口に含ませると少し飲んでくれますが、目は覚めません」

「嘔吐と下痢は」

「ここへ来るまでの間に、何度も。今は襁褓を当てています。玉石さんがやってくれました」

「なるほど。ほかに、何か証が現れているか？」

「おうたちゃんの腹から、ずっと音がしているんです。本に書いてある腹中雷鳴するって、こういう音のことですか」

「俺が診よう。その道具は何だ？」

「蘭方で使う道具のようです。玉石さんがこれで水を飲ませていたので、使わせてもらっています」

「塩水を持ってこさせてくれ。こういうときは塩水を飲ませるほうが快復しやすい」

瑞之助が訝しむと、真樹次郎は気まずそうに付け加えた。

「蘭方野郎が知っていた治法なんだ。吐いたり下したりで体の中が渇いてしまった者には、温泉の水を飲ませるやり方があると。あいつは九州熊本の出だ。かの地の山奥では、拝み屋が温泉の水を飲ませて赤痢の病者を治していたそうだ」

「温泉の水の代わりに、塩水なんですか？」

「あいつが言うには、赤痢を治した温泉の水を飲んだら、うっすら塩辛かったんだとさ。塩の濃さの割合を調べておいたのが、前の冬に役立った。確かに、腹を下した者は、塩を少し加えた水のほうがよく飲んでくれる。治りも早い」

瑞之助は、ほうと息をついた。

「何だか不思議なことですね」

「温泉の水を病者に飲ませるのは、初めはまじないの類だったかもしれんな」

「でも、効き目があるとわかったから、治法として定まったんですね」

真樹次郎はうなずいた。

「人の汗も塩辛い。別の見方をすれば、体の中の塩が汗と共に失われる、とも言える。ゆえに、体を動かして大汗をかくような仕事をしている者は、塩辛い味つけを好むものだ。そのあたりのことは、漢方医術ではいにしえから知られていた。まあ、証に臨んでの処方に結びつけて考えることが、かつての俺にはできずにいたが」

ああ、と瑞之助は合点した。

漢方医術を説く上で、五行説になぞらえた言い回しはよく使われる。

世界を形作る要素を木火土金水の五つに分類して説くのが、五行説の根本にある。木火土金水はまた、春夏と土用と秋冬にも当てはまる。東、南、中央、西、北にも符合する。

体の中のものごとを説くときにも、五行説は用いられてきた。

人の体には、肝、心、脾、肺、腎の五臓がある。五臓のそれぞれを養生する味つけは、酸、苦、甘、辛、鹹《かん》であるといわれる。鹹というのが、塩辛いという意味だ。腎が弱っているときは、塩辛い味つけのものが好ましい。

腎というものの正体は、腑分けしても見出せないと、登志蔵には教わった。漢方医術で言うところの腎とは、若々しい活力そのものと呼べばよいだろうか。逆に言えば、衰弱した体に精気を取り戻そうとするならば、鹹を補うのが一つの手段になる。

瑞之助は、かぶりを振った。

ごちゃごちゃと考えるよりも、今は体を動かすべきだ。

「塩水、登志蔵さんにお願いしてきます」

瑞之助が腰を浮かせたとき、襖の向こうで声がした。

「聞こえてるぜ。温泉の治法は、霊峰阿蘇《あそ》の恵みさ。大したもんだろう？　しかし、水くさいじゃねえか、お真樹。俺に用があるなら、照れずに自分で言いに来いよ」

登志蔵である。ちょうど隣の部屋にいたらしい。

瑞之助は少しほっとした。今朝方、駒形長屋に呼ばれたときの登志蔵は、すっかり血の気が引いていた。逃げるなよと真樹次郎に凄まれながら、何かを言い返す余裕も失っていた。

どうやら登志蔵はもとの調子に戻ったようだ。お真樹と呼んでからかう声は、いつものとおり明るかった。

真樹次郎は目を泳がせている。声ばかりは刺々《とげとげ》しく、吐き捨てた。

「誰がお真樹だ。ふざけている場合か」

「かりかりするもんでもねえだろう。塩水なら、もう桜丸に頼んである。清めのためのいい塩を、あいつはいつも持っているからな」

「だったらいいい。そっちは伊左次の部屋だったか？」

そうだ、と登志蔵と伊左次の二人が答えを重ねた。

伊左次が、か細い声で謝った。

「ごめんよ。登志蔵先生も、真樹次郎先生も。おいら、今、すごく汚いのに、世話なんかさせちゃって、ごめん」

衣擦れの音が聞こえた。登志蔵が伊左次の腹をさすってやっているのかもしれない。気にすんな、と登志蔵は言った。

「そんなこと、いちいち気にすんなよ、伊左次。俺たちは医者だ。病と闘うのが務めさ。伊左次も一丁前の男なのに、襁褓と盥で用を足すのはつらいだろう」

「辛抱するよ。こうするよりほかにないんだから」

伊左次は、ぐすっと鼻をすすった。

登志蔵が声を張り上げた。

「よう、お真樹。下痢を止める薬はねえのか?」

「無理に止めんほうがいい。体の中にあってはならんものが入り込んでいるから、吐いたり下したり汗をかいたりして、何とか排しようとするんだ。出したぶんの水を飲ませることを怠らずに、まずは様子を見るしかない」

「やっぱり、それしかねえんだな」

「長屋で養生している連中にも、そう指図してきた。薬は滋養に効くものを置いてきた。桜丸のお清めに従っていれば、二、三日中には落ち着くはずだ。そもそも、日頃から体の壮健な大人なら、この類の腹の疫病で命が危うくなることはない」

「より大変なことになっちまうのは、まだ十分に体が育っていない子供たちってことだな」

「そのとおりだ。俺が順に子供たちを診ていく。あんたも、気づいたことがあれば俺に言え」

合点承知、と答えた後で、登志蔵は笑った。

「お真樹も丸くなったもんだ。俺がここへ来た頃とは大違いだな。桜丸が穢れを見分けても、俺が塩水を飲ませる話をしても、医書のどこにもそんな処方は書かれていないと突っぱねる一方だったのに」

「やかましい」

「ダンホウかぜのときは、俺も桜丸もぶっ倒れたからな。いちばんどうしようもなかったときを、お真樹ひとりで乗り切ったようなもんだ。あれは見事だった」

真樹次郎は苛立ったようで、声を張り上げた。

「桜丸は、まずいとわかっていながら俺を手伝っているうちに、かぜをうつされた。あんたは違う。あんたは、病者が運び込まれてきてるってのに、外をほっつき歩いていただろう。そのせいで、どこかでかぜをうつされて熱まで出した」

「悪かった悪かった。しかし、俺にもわけがあったんだよ」

「どんなわけがあったというんだ。医者が病者を放り出していいわけなんて、どこを探したって、ありやしない」

「いやあ、まさに正論だ。お真樹は医者の鑑《かがみ》だよ。実に大きく育ったなあ。俺は嬉しいぞ」

「はぐらかすな」

登志蔵はからからと笑ってみせたが、その声はいきなり、ぷつんと途切れた。

しんとすると、風の音が聞こえた。もうそろそろ昼時だろう。東の棟の外で働く、おけいや巴の声がした。

登志蔵が、隠しきれないため息と共に、再び声を発した。かすれるほどに低い声だった。

「また冬が来た。前の冬も、こんなふうにして、どこぞの長屋じゅうの子供を預かったよな。病は、幼い子供ほど重くなりやすい」

「そのとおりだ」

「例えば、おとっつぁんが仕事に行った先で、流行っている腹の病をもらってくるだろう。おとっつぁんは先にさっさと治っちまう。でも、そいつが長屋じゅうに広まって、幼子がやられるんだ。同じことをあちこちで繰り返している」

「ああ。こたびもそれだ。ずっと昔から、同じように繰り返されてきたんだろう」

「繰り返されるのがわかっている。じゃあ、どうして医者は防いでやることができねえんだろうな。どう思う？」

真樹次郎はうつむいた。ざっと括っただけの髪が頭巾の内側からこぼれて、横顔を隠した。真樹次郎は黙りこくってしまい、登志蔵の問いは宙ぶらりんのままだ。

　登志蔵の声が高くなった。晴れやかに笑っているような、いつもの明るい声ではない。ひび割れそうに張り詰めていた。

「なあ、お真樹。享和《きょうわ》三年（一八〇三年）の麻疹《ましん》を覚えているだろう？　俺は九つだった。熱が出て、腹を下して、体じゅうに真っ赤な斑ができて、かゆくて仕方がなかった。地獄のような苦しみだと思った。熱が下がったら、もっとひでえ地獄が待っていた」

　麻疹は命定めという。二十年ほどに一度、流行るのだ。

「熊本でも、同じ年に流行ったか」

「九州が先さ。長崎や薩摩《さつま》から入ってくるんだ。新しい風は、いいものも悪いものも、海の外から訪れる。俺の家は、親父も祖父さんも蘭方医だ。長崎と熊本を行き来する唐物屋との付き合いももちろんあって、たぶん、そこからうつされた。藩で真っ先にな」

「俺は、どうだったかな。かかったのは覚えているが。おそらく、兄からうつされた。兄は医塾だ手習いだ何だと、よく外に出ていたから」

　瑞之助は三つだった。あっという間に熱が下がって治ったという話は、母から幾度も聞かされている。命定めにもあっさりと打ち勝った、この子は強いと。

襖の向こうで、身じろぎをする音がした。伊左次が登志蔵の名を呼んだ。

登志蔵が大きく息を吸うのが聞こえた。無理に絞り出すような声が続いた。

「本当は、こうやって人がばたばた倒れる病は、怖くてたまらねえんだ。あの麻疹で、母上が死んだ。生まれたばかりだった妹も死んだ。妹は、まだ真《ま》っ赤《か》なしわくちゃだった。それでもかわいくて、俺は母上と妹のところに入りびたっていたんだ」

瑞之助は、登志蔵の短刀を思い出した。梅の花が描かれ、どことなくたおやかな拵だった。女物に見えた。

あれは登志蔵の母の形見《かたみ》ではないのか。あるいは、本当なら妹が大きくなったときに母から譲られるはずの守り刀ではなかったのか。

真樹次郎が迷うように口を開いた。

「おい、登志蔵」

名を呼んだだけで、続く言葉はなかった。

登志蔵の声がくぐもった。顔を覆っているに違いない。

「俺が麻疹をうつして、母上と妹を死なせたんだ。母上は、俺が医者になるのを楽しみにしてくれていたのに、俺は母上に何も見せてやれなかった。でも、だから、親父に医家の恥だと言われようが何だろうが、俺は医者でいなけりゃならねえんだよ」

「なあ。おい、登志蔵」

「俺は今でも、母上と妹のことを夢に見る。子を産んですぐの弱った体だったから、母上は死んだ。産まれてすぐの弱い体だったから、妹は死んだ。なぜだ？　なぜ、そんなにたやすく命を取られなけりゃならねえんだ」

　登志蔵の声は、もう泣き声だった。もぞもぞと動く音が聞こえたのは、伊左次が登志蔵のために身を起こしたのだろう。

　真樹次郎は再び登志蔵の名を呼んだ。

「登志蔵、あんたは疲れている。先に休め。こたびも長丁場になる。あんたはまず眠って、すっきりしろ。聞こえてるか？」

　瑞之助は立ち上がった。

「登志蔵さん、一緒に出ましょう。私は桜丸さんのところへ行って、塩水をもらってきます」

　真樹次郎に目で合図をすると、真樹次郎はうなずいた。

瑞之助は、返事のない隣の部屋をのぞいた。膝を抱えた登志蔵の肩を、伊左次がとんとんと叩いてやっていた。

「登志蔵さん」

うつむいたまま、登志蔵は低く笑った。

「いつも格好つけてるくせにさ、本当は俺、格好悪いだろ。震えて震えて、しょうがねえんだ」

瑞之助は、登志蔵を励ます言葉を知らなかった。何も言えないまま、登志蔵が立ち上がるのを待つばかりだった。

四

その日の夕刻である。

東の棟の外がにわかに騒がしくなった。桜丸が玉石に呼ばれて南の棟に赴き、しばらくして、青ざめて帰ってきた。

「真樹次郎、まずいことになりました。ダンホウかぜです。熱が下がらず、咳が止まらぬという病者が担ぎ込まれました」

「幾人だ？」

「男ばかり三人です。年の頃は三十から四十といったところで、同じ店の奉公人だと聞きました。質屋の手代と番頭だそうです」

「冬の布団や着物を請け出す客がそろそろ増え始めた時季だ。客が運んできた病邪に中《あた》ったか」

「あい。質屋では奉公人が次々とダンホウかぜに倒れたようです。これまでどうにか店を開けてきましたが、熱があるのを押して店に立っていた働き手たちが病をこじらせ、にっちもさっちもいかなくなったそうです」

真樹次郎は舌打ちをした。

「悪くなるだけ悪くなってから、初めて医者にかかる。危ういことをしやがって」

「駕籠で運ばれてきましたが、ひどいものですよ。いつまで経っても息が整わず、溺れてしまいそうです。どうしますか、真樹次郎？」

「俺はこっちで手いっぱいだ。登志蔵を行かせるのもまずいだろう。万一、こっちの穢れを運んじまったら、ダンホウかぜで弱った病者は命に関わる」

中庭から、玉石の声がした。

襖を開けると、華陀着の玉石が硬い顔をしていた。

「ダンホウかぜの病者は北の棟で預かることにした。おけいと巴がダンホウかぜの病者の世話をして、満江とおとらと通いの女中たちが炊事や洗濯にあたる。烏丸屋も二人ほど加勢を寄越してくれた。ぎりぎりだが、手は足りるだろう」

「しかし、医者はどうする？」

真樹次郎の問いに、玉石は一つ大きな呼吸をして答えた。

「泰造を走らせて、唐斎を呼びに行かせた」

ああ、と、瑞之助と真樹次郎は同時に声を上げた。瑞之助が言葉を探す間に、真樹次郎はずばりと言った。

「この刻限だと、唐斎は酒を浴びているところじゃないのか？」

玉石は唇を歪めて笑った。

「やつの酒に刻限はない。暇さえあれば、自分の長屋で飲んだくれている。が、あれでも医者だ。おまえたちが東の棟の物忌みを破って北の棟の病者を診るよりも、唐斎を連れてくるほうがまだいいんじゃないか？」

桜丸がうなずいた。

「こたびは、それがよろしゅうございます。子供たちのほうも油断してはなりませぬし、気が弱った登志蔵も危ういと感じます。両方とも、わたくしが近くで見ておきとうございます。瑞之助も」

いきなり名を挙げられて、瑞之助はどきりとした。

「私ですか」

桜丸は、睨むような上目遣いで瑞之助を見据えた。

「あい、あなたも危ういでしょう。おうたは夜通し付きっ切りの世話が必要になりましょうが、本当なら、こんな急場で瑞之助に任せたくはありませんでした。瑞之助は、もっとじっくり病者の世話の仕方を身につけるべきですから」

「その機がなかったから、今こうしているんですよ。成り行きで、いちばん病の重いおうたちゃんを私が見ることになりましたが」

「そう。どうしようもない流れです。ですが、はっきり言いましょう。おうたの魂が生死のどちらに転ぶか、わたくしには見えませぬ。ほかの子供らの魂は、きちんと体と紐《ひも》づいております。こたびの病で飛んでいくことはありますまい。でも、おうたの魂だけは、見えぬのです」

瑞之助は桜丸に詰め寄った。鼻と口を覆った布に唾を飛ばすのが、自分でわかった。

「どういう意味ですか！　おうたちゃんは目を覚まさないけれど、一生懸命に水を飲んでくれる。熱が高くて苦しいはずなのに、息をし続けてくれている。このままになるなんて、考えたくもありません！」

真樹次郎が瑞之助の肩に手を乗せた。

「落ち着け。桜丸が言わんとすることは、わからんでもない。だが、生死の境をさまよう病者をこちらに引き戻そうとあがくのが、医者の務めだ。やれることはすべてやってやる」

「私もお手伝いします」

「当たり前だ。おまえは、おうたのそばから離れるな。おかしなことがあれば、すぐに俺を呼べ」

真樹次郎は、中庭の玉石に視線を転じた。

玉石はうなずいた。

「そちらは任せた。ダンホウかぜの病者のほうは、わたしがどうにかする。真樹次郎と桜丸は、今はあれこれ考えず、子供たちの病を治すのに専念してくれ」

ちょうどそのとき、北の棟から巴が飛び出してきた。

「玉石さま、部屋が整いました。診療部屋で待たせている三人、こっちに移しますね」

「ああ。頼むぞ」

玉石の指図を受け、巴が中庭を突っ切っていく。

黄昏時《たそがれどき》から夕闇へと、あっという間に移ろいゆく刻限だ。

満ち始めたばかりの白く輝く月を睨んで、真樹次郎が眉間をつまんだ。くそ、と毒づいたのは、疲れた目が霞んできたせいだろう。

登志蔵が長屋のほうから戻ってきた。

「おおい、お真樹。腹が減ったから、順番に飯を食おうぜ。朝助が握り飯をこしらえてくれたぞ」

顔を見る限りでは、いつもの登志蔵だ。

桜丸が真樹次郎の背中を押した。

「登志蔵の言うとおりです。今のうちに腹ごしらえをしておいでなさい。今夜が峠でしょう。闘いますよ」

瑞之助たちは、六人の子供たちの世話に追われた。

汚れものがどんどん出た。洗えるものは洗い、捨てるべきものは炉にくべて燃やす。汚れた手で触れたところは、しつこいくらい御酒で清める。

おうたを除く五人の子供たちは、寝たり起きたりしている。食欲はなく、まだ熱は下がらないが、年嵩《としかさ》の者から順に、腹の痛みは落ち着いてきたようだ。

立って厠に行けるようになった子供には、二の厠を使わせた。ほかの者は二の厠に近づかないよう、方違《かたたが》えを徹底している。穢れを拾わないための用心だ。

瑞之助は真樹次郎の指図に従い、おうたの部屋に張りついていた。

おうただけは、はっきりと目を覚ましてくれない。スポイトで口を湿らせると、むずがるような様子を見せることもある。瑞之助は、応えがなくとも、おうたの名を呼んで話し掛け続けた。

時折、瑞之助は汚れものの処理や水汲みを言いつかった。朝助が一人でどうにかこなそうとしてくれるが、追いつかないのだ。

おけいや巴は北の棟に詰めているし、働き者のおふうも動けない。おかげで、こまごまとした仕事にいちいち手を取られてしまう。

「皆の働きがそれぞれ組み合わさって初めて、蛇杖院は、病者に医術を施すことができるんだな。医者の仕事ばかりが目立つけれど、実のところ、下働きと呼ばれる仕事だってとても大切だ」

今は、任された仕事を自分ひとりで確かにこなさねばならない。しくじったらどうしようかと急に怖くなって、つい手が止まる。普段はやはりおけいや巴やおふうに頼ってしまっている。

「情けないな」

今日という一日で幾度、情けないとつぶやいてしまっただろうか。

働きづめの瑞之助は、へとへとだった。いつもはひょいと持ち上がるはずの水桶が、重くて仕方がない。

だが、休めない。

真樹次郎は、六人の子供たちのもとを順繰りに飛んで回っている。証の様子が変わると、その都度、体の具合に応じた薬を処方して飲ませるのだ。

北の棟では、唐斎が病者を診ている。明かりは消えていない。玉石も北の棟に詰めているようだ。

瑞之助が水汲みのために外に出たとき、おけいが唐斎を叱り飛ばす声がちょうど聞こえてきた。おけいに怒鳴られたときのいつもの癖で、瑞之助はつい首をすくめた。

すでに夜更けだった。いつの間にか、月も沈んでいた。空は冷たく澄んでいる。

三つ並んで明るく光る星が目を惹いた。星の輝きの透き通った鋭さは、もう冬のものだ。

ふと、北の棟から人影が出てきた。瑞之助は提灯を掲げた。

「巴さんですか?」

声を掛けると、そうだよ、と答えが返ってきた。

「何だ、瑞之助さんか。起きてたんだね」

「まだ私が眠る番ではありませんから。今は桜丸さんが休んでいるところです」

「桜丸さま、長屋に戻ってるの?」

「いえ、東の棟の空き部屋で。物忌みというんですか。桜丸さんは、子供たちの病が治まるまで、東の棟から出ずに過ごすつもりのようです」

暗がりの向こうで、巴が大きく息をついた。

「引きこもって過ごすことを物忌み、行ってはならない方角を避けることを方違えというんだ」

「物忌みや方違えは、八百年も九百年も昔に書かれた物語や日記で見たことがあります。もののけの障りを断つためのものと、手習いの師匠には教わりましたが、病の広がりを防ぐためにも役立つみたいですね」

瑞之助の口ぶりが、巴の気に障ったらしい。巴は語気を強めた。

「桜丸さまのおっしゃることは、いつだって正しいよ。人から人にうつりやすい病でも、桜丸さまのお指図のとおりにしていれば、かからずに済むんだから。前のダンホウかぜのときは、桜丸さまはあまりに疲れたせいで熱が出ちまったけどさ」

瑞之助が手にした提灯では、巴がどんな顔をしているかまではうかがえない。顔が見えないぶん、声の調子はよく聞き取れた。

「巴さんは桜丸さんのことをずいぶん信用しているんですね」

「当たり前だよ。桜丸さまがいてくれたから、あたしはここに居場所を得たんだ。こんな馬鹿力の大女、嫁のもらい手もないからね。桜丸さまが、ここで働いていいって認めてくれたこと、本当に幸せだった」

瑞之助は少し迷ってから、正直に言った。

「前にちょっと聞いてしまったんです。巴さんはつらいことがあってここに来たのだと。私の目にはそんなふうには見えません。巴さんはどんな仕事でもできるから、どこに行っても引く手あまたではないかと思っていたんですけれど」

「登志蔵さんあたりに聞かされたのかしら。おしゃべりだもんね、あの人」

「すみません」

「どうして謝るのよ。あたし、別に隠してなんかいないんだから。蛇杖院に担ぎ込んでやった昔の許婚のことなんか、もう忘れちまったし」

巴が星を仰いだ。まっすぐに背筋を伸ばした立ち姿を美しいと、瑞之助は思った。

「でも、ずいぶん傷ついたんでしょう？　忘れられるものなんですか？」

「忘れられないのなら、別の思い出を上に積み重ねて、覆《おお》っちまえばいい。あたしは、あんな薄っぺらい男のことよりも、ここに来てからの暮らしがずっと大事なんだ。自分を好きになれたのも、ここへ来てからようやくだった」

ふわりと、暖かい夜風が揺れたように思えた。巴が微笑んだせいだと、一拍遅れて瑞之助は気がついた。頰に触れる本物の夜風は冷えている。

巴は柔らかな声で言った。

「さて、あたしは休むよ。あんたも無理はしなさんな」

「そうですね」

くたびれているが、眠れそうにない。できることを探して何かやっていないと、怖くてたまらない。そんな弱音を隠して、瑞之助はうなずくふりだけしてみせた。

五

東の空が白んでくる頃になって、真樹次郎は、瑞之助が詰めるおうたの部屋へやって来た。

「瑞之助、すまんが、俺は少し寝る。日が昇ったら起こしてくれ。明日を乗り切れば、こちらの勝ちだ」

真樹次郎は鼻から下を布で覆ったままだが、それでも、げっそりと疲れた顔をしているのがわかった。

「どうぞ休んできてください。真樹次郎さんがいちばんくたびれているはずですから」

「ああ。寝る前に、おうたを診ようか。様子は変わらないか？」

「変わりませんね。心配です」

おうたの熱はまだ下がらない。はっきりと目を覚ます気配もない。

下痢も治まらない。口に水を含ませてやると、きちんと飲み込めるときと、そのままこぼしてしまうときがある。時にぐずって、苦しそうな声を漏らす。かと思うと、ぱたっと静かになって震え出す。

真樹次郎はおうたの手首に触れ、首筋に触れて脈を診たが、眉間に皺を寄せた。

こんなふうに真樹次郎がおうたの脈を按じながら難しい顔をするのを、瑞之助は幾度も見た。そんなに悪いんですかと問うと、わからんと首を振るのだ。

「幼子の治法は本当に勝手がわからん。幼ければ幼いほど、脈の速さも肉の柔らかさも臓腑の小ささも、何もかもが違うんだ。あっという間に病の進み具合が変わってしまう」

「私がおうたちゃんをずっと見ておきます。何かあれば、すぐに真樹次郎さんを起こしますから」

「おまえも休んだほうがいいんだがな。朝助が起きているから、代わってもらってもいいんだぞ」

「いえ……眠れません」

真樹次郎は瑞之助の顔をじっと見つめると、ぽんと肩を叩いて部屋を出ていった。

しんと静まり返った中で耳を澄ます。真樹次郎は、桜丸が居着いた部屋で休むようだ。一言二言、低い声で話をするのが聞こえた。

明かりを一つともした部屋で、まんじりともせずに座っている。おうたは汗もかかなくなった。水を飲ませたくても、飲み込んでくれない。

廊下が鳴る音がした。

振り向くと、そうっと、襖が開いた。

桜丸が現れた。

「ひどい顔をしていますね、瑞之助。寝ていないのですね」

瑞之助は曖昧《あいまい》に微笑んだ。

「眠れません。病の重い人の命を預かっていると、こんなに不安になるんですね」

「不安でたまらぬという、そのわけは、病者の命を預かっているからですか？それとも、仲良しのおうたの命だからですか？」

瑞之助は正直に答えた。

「どちらもです。病を患う人と向き合ったのも初めてなら、よく顔を知った幼い子供が病に倒れたのも初めてですから。何をどう受け止めていいか、ちっともわからないんです」

「医者になるというのは、こういうことですよ。真樹次郎や登志蔵だって、苦しんでいるときがあります」

瑞之助の隣に、桜丸が腰を下ろした。

「桜丸さんは、幼い頃から拝み屋だったんでしょう？　人が病に襲われているところを、たくさん見てきたはずです。つらくはありませんでしたか？」

おうたの額に、桜丸は触れた。小さくかぶりを振ったのは、熱が高いという意味か。

桜丸は言った。

「どこから話しましょうか。初めから聞きたいのですか？」

「聞かせてもらえるのなら」

「あい、かまいませぬ。わたくしの母親は遊女でした。わたくしが赤ん坊の頃に瘡《かさ》で死んだそうですが」

「瘡というのは、花街の者が皆かかるという病のことですよね。唐瘡《とうがさ》や南蛮瘡という呼び方もあって、海の外から入ってきたものだと聞きました」

「清の国の医書には、楊梅瘡《ようばいがさ》や黴瘡《かびがさ》とも書かれているそうですよ。楊梅というのは、山桃のことです。肌にちょうど山桃のような赤いできものが現れたり、かびが生えたようになったりすることから、名がつけられたのでしょう」

「その病で、桜丸さんの母君は亡くなられたんですね」

　桜丸は、くすりと笑った。

「遊女でありんすよ。母君だなんて、そたあ上等な呼び方が似合うような人ではありやしんせん」

「その言葉は……」

「廓《くるわ》言葉です。幼い頃にちょっとした戯れで覚えただけのこと。おけいには内緒にしてくださいい。嫌がりますから」

　桜丸は、いたずらっぽい目をしていた。

「おけいさんは、桜丸さんの婆やだったと聞きました」

「あい。わたくしは、己こそが桜丸の父親だと信じ込んでいる男に引き取られ、十四の頃までその男のもとで育ったのですが、おけいはその頃の婆やです。あの男のことを父君などとは呼ばないでくださいね。遊女とは比べ物にならぬほどの下郎でしたから」

「育ての親のこと、嫌いだったんですか」

「憎んでおります。金儲けのことしか頭にない、浅ましい男です。わたくしを拝み屋として売り出し、あくどいほどのあがりを得ていました。わたくしは嫌気が差して、あの男のもとから逃げたのです」

桜丸は、めったに蛇杖院の外に出ない。もしかすると、憎んでいる男に捕らわれることを、今でも恐れているのかもしれない。

「育ての親のもとから逃げて、蛇杖院に来たのですか？」

「あい。建ったばかりのこの屋敷に住むことになりました。わたくしは玉石さまに拾われたのです。わたくしを追い掛けてきたおけいも、玉石さまは一緒に拾ってくださいました。玉石さまは、わたくしたちの恩人なのです」

桜丸は、顔を覆う布の下で微笑んでいる。瑞之助も笑ってみせた。

「母君は売れっ子だったでしょうね。桜丸さんを見ていると、そんな気がします」

「おだてても何も出ませぬよ。母がわたくしに残したのは、この体と桜丸という名と、遊女になった姉だけです」

「姉君がおられるんですか。姉君のほうは、廓でお育ちに？」

「気になるのなら、買いに行ってごらんなさい。姉もわたくしとそっくりな顔をした美人だそうです。今はまだ水揚げされて日が浅うございますが、うかうかしていると、じきに旗本のお坊ちゃんでは手の出せない相手になりますよ」

「か、買うだなんて、そんな……桜丸さんは、姉君に会ったことはないのですか？」

「ありませぬ。やすやすと会える相手ではありませぬゆえ」

「寂しくはありませんか？　私にも姉がいますが、やはり、時には会って話をしたいと思いますよ」

桜丸は目を伏せた。長いまつげが瞳の輝きを陰らせ、ひどく儚げだ。

「少し、寂しゅうございます。でも、わたくしには、果たしたい願いも生きていく道もここにあるのです。だから、それ以上を望むことはしますまい」

瑞之助は、はっとした。

「桜丸さんも、玉石さんに問われたんですね。果たすべき大願は何かって。桜丸さんの果たすべき大願って、何なんですか」

「笑わないでくださいまし」

「笑いませんよ」

桜丸は、息を吸って吐いて、そっと吸ってからささやいた。

「わたくしは、遊女たちの瘡を治す薬を探しているのです。それを見つけたら、わたくしはようやく、自分のことを穢れていると思わずに済むでしょう」

「桜丸さんが穢れている？」

「わたくしは五体満足に生まれ出ましたが、瘡を病んでいた母はやがて鼻がもげ、次第におかしくなって、死んだそうです。わたくしを養った母の腹は、どこの誰とも知らぬ男に瘡の毒を植えつけられた腹でした。わたくしは、毒と共に母の腹に宿り、母の血と気と水を吸い取って育ったのですよ。何とけがらわしいことか」

桜丸が手を洗いたがるわけが、不意にわかった。いつもきれいな身なりに装うわけもわかった気がした。穢れを嫌う目を持つ桜丸自身が、生まれながらにして穢れと切っても切れない存在なのだ。

瑞之助は、桜丸の目をのぞき込んだ。桜丸に微笑んでほしいと思った。歯を食い縛って苦しみに耐えるような桜丸のまなざしは、あまりに痛々しい。

「桜丸さんは、穢れているようになんか見えません。美しいですよ。拝み屋として確かな腕を持って、人の命を救ってもいて、とても……」

突然のことだ。

うっ、と瑞之助は呻いた。喉の奥が嫌な音を発した。胃がぐにゃりと鷲づかみにされたような、異様な衝撃があった。

察した桜丸が盥を引き寄せた。

瑞之助は覆面の布を汚しながら、盥の上で吐いた。数刻前に食べた握り飯が、どろりとした酸い液と化している。

嘔吐は止まらなかった。吐いても吐いても、まだ気持ちが悪い。たちまち動悸がし、息が上がって、体が震える。

桜丸が瑞之助の背をさすり、首筋に触れた。

「熱がありますね」

瑞之助はぞっとした。

「まさか……」

「うつったのですよ。仕方ありませんね。どれほど気をつけていても、うつるときはうつりますから」

瑞之助は、汚れた布を顔から外し、袖で口元を拭った。

「こんなところで倒れるわけにはいきません。今日が勝負だと、真樹次郎さんが言っていました。私は、できることをしなければ……」

桜丸はぴしゃりと叱った。

「駄目だ！　瑞之助、あんたは端の部屋で物忌みをしな。決して歩き回るんじゃあねえ。いいか？」

「でも、そんな……」

「がたがた言うんじゃねえ。駒形長屋から帰ってきてから、厠はどこを使った？」

「一の厠だけです。いつもそこを使っていますから」

「ほかの皆には方違えをするよう知らせておく」

「待ってください」

「いいや、待たねえ。あんたはこれから物忌みだ。子供たちと同じように、おとなしく寝てな。厠に行くことのほかは、決して外に出るな」

「でも、桜丸さん」

桜丸がまた声を荒らげようとしたとき、おうたが小さく呻いた。桜丸は息を呑み、かぶりを振って、瑞之助にささやいた。

「こたびの腹の病は、あなたのように体の強い男なら、一昼夜もやり過ごせば治るはずです。おとなしく物忌みをしておいでなさい。そうすれば、ほかに穢れを広げることもなく、病は立ち消えていきますから」

穢れと言われ、瑞之助はどきりとした。

おうたから穢れをうつされたのではないかと、恐れないわけではなかった。考えないようにしていただけだ。

目を閉じると、まぶたの裏がちらちらと不快にうごめいている。目の奥が痛い。熱が上がりかけているようだと、何となくわかった。

瑞之助はおうたを見た。小さな体で苦しんでいる。瑞之助は不甲斐なかった。おうたを救う力がないどころか、そばにいてやることさえできないのだ。

瑞之助さん、と慕ってくれる笑顔を思い出すと、涙がにじんだ。荒れて痛む唇を噛んで、瑞之助はおうたの部屋を後にした。

目を閉じていられたのは、わずかな間だけだった。

まず吐き気に襲われた。次いで凄まじい腹痛が来た。水のような下痢が止まらず、厠を離れられなくなった。熱が上がり続け、寒くて震えた。

体の中に、痛くて気持ちの悪い何かがあって、暴れているようだった。これを外に捨て去れば楽になる。いっそはらわたごと切り捨ててしまいたいくらいの気持ち悪さだった。

胃液で焼けた喉がひりひりした。水を飲むだけで、胃がぐるぐると暴れた。食欲など、あろうはずがない。

まるっきり、おうたたちの病と同じ証を呈していた。こんな苦しみを、あの幼い子供たちが味わったのか。そう思うと、ますます苦しかった。

やがて腹の中で暴れるものが止み、瑞之助は気を失うように眠った。

浅く途切れがちな夢の中で、おうたが笑っていた。

夢は、もどかしいものだった。おうたが愛らしい笑顔で何かを話してくれるのだが、声がどうにも聞こえない。瑞之助もうまく声が出せない。

おうたが走っていく。瑞之助は追い掛ける。瑞之助の足取りはふわふわと変に弾んで、地を踏み締めることができない。すぐに追いつけるはずのおうたが、先へ先へと行ってしまう。

行かないでくれ、行かないでくれと願っている。

おうたの姿を見失ったら、取り返しのつかないことになるのではないか。そんな恐れにまとわりつかれて、怖くて震えてしまう。

あまりにうなされていたのだろう。桜丸に揺り起こされた。

「落ち着きなさい。あなたは夢を見ていただけです。そう恐れるものではありませぬ」

瑞之助は桜丸の華陀着の袖にすがりついた。

「おうたちゃんは……」

「変わりありませぬ。ちゃんと生きておりますよ。水をお飲みなさい。口で息をしていたようですから、喉が渇いたでしょう」

瑞之助は身を起こし、桜丸に渡された湯呑を手に取った。中身が何かもわからないまま、湯呑に口をつける。

かすかに塩辛い味のする水だった。口に含んだ水は、胃に落ちていくよりも先に、干からびた喉に染み込んでいく。

湯呑を空にすると、瑞之助は再び横になった。めまいがして、起き上がっていられなかった。

桜丸は、濡らした手ぬぐいを瑞之助の額に載せた。瑞之助は思わず嘆息した。熱が上がったせいで目の奥ががんがんと痛むが、冷やすといくらか楽になる。

頭の中にはぼんやりと霞が懸かったようで、まともに考えることもできなかった。

「すみません」

誰にともなく謝った。

何の力にもなれないばかりか、皆の足を引っ張っている。それが悔しくてたまらなかった。

すみません、すみませんと謝りながら、瑞之助はまた眠りに落ちた。

「今は謝るところじゃあないだろう。おうたのために何もできないことが悔しいなら、悔しいと言え。自分の思いに正直な言葉を使え。そうじゃなけりゃ、いずれ自分の嘘にも気づけなくなっちまうぞ」

耳元できっぱりと告げたのは、桜丸だっただろうか。それとも真樹次郎か、登志蔵か。

誰の言葉であってもおかしくないと、瑞之助は思った。皆、正直に生きている人だ。ごまかしてばかりの瑞之助とは違う、まっすぐな人なのだ。

かつて友と呼んだ男の顔が、沼のような夢の中に現れた。男といっても、まだ幼さの残る顔だ。あの頃はお互い、十七だった。

幼馴染みの陣平。瑞之助がただ一人、友と呼ぶことのできた人。

いつの間にか陣平が道を違えていたことに、瑞之助は気づいてやれなかった。こんな愚《おろ》かな瑞之助が隣にいることで、どれほど陣平を苦しめてしまったのだろう。

会いに行きたいと、今になってようやく、瑞之助は思った。

陣平は嫌がるかもしれない。顔も見たくないと、瑞之助をはねつけるかもしれない。また波風を立てることになるかもしれない。

それでも、何もなさずに悔《く》いるより、動いてみたいと思うのだ。

陣平さん、と友の名を呼んだそのとき、瑞之助は、ぐんと沈み込むように眠りの中に落ちた。考え事をしているのか夢を見ているのか曖昧だったのが、はっきりと、眠って見る夢の中だとわかった。

夢を見ているとわかったところで、思いどおりに動けた試しなどない。

瑞之助が立っているのは、蛇杖院の中庭だった。しかし、妙に薄暗い。笑い声が聞こえて振り向くと、おうたがちらりとこちらを見て、ぱっと駆け出したところだ。

おうたは笑いながら走っていく。幼い子供を一人にするわけにはいかない。瑞之助は、おうたを追い掛けた。

ああ、うまく走れない。やっぱりうまく動けない。

これが夢でないのなら、瑞之助はたちまち、おうたに追いつくだろう。中庭もこんなに広くはない。

走っても走っても中庭の端にたどり着かず、瑞之助はおうたをつかまえることもできない。じりじりと焦る。

おうたちゃん、待っておくれ。

瑞之助は大声で呼んだつもりだった。しかし、声もまたうまく上げられないのだ。

それでも、瑞之助は呼んだ。おうたちゃん、おうたちゃんと呼び続けた。そうしなければならないと、誰かに言われていたはずだ。

七つまでは神の内だという。名前は、魂をこの世の体につなぐ絆だという。

そうだ。桜丸が言ったのだ。ほかの誰にも見えないものを見る目で、おうたを襲った病をじっと睨みながら。

「うた、まだ六つだよ」

おうたの声が、ふと、よみがえった。おうたが瑞之助の部屋にやって来て、字の手本を書いてほしいと乞うたときのことだ。

まだ字も知らない、たった六つの幼子。この世に生まれてきてはいても、この世ならぬところへと、いつ帰っていってもおかしくない魂。

瑞之助は恐ろしくなって震えた。夢から醒めることができないまま、おうたの名を呼び、おうたの後ろ姿を追い掛ける。息の継ぎ方を忘れるほどに、懸命に声を上げ、足を動かす。

だが、おうたは遠ざかっていく。小さな足を交わして、天に続く階《きざはし》でもあるかのように、軽やかに空へと駆けていくのだ。

瑞之助はおうたのほうへ手を差し伸べた。腕は、水がたっぷり入った桶よりも、ずしりと重い。それでも必死で腕を伸ばした。

その手をしっかりとつかまれた。

はっとして、瑞之助は目を開いた。

「またずいぶんと、うなされていましたよ」

瑞之助の手を取ったのは、桜丸だった。瑞之助はべったりと嫌な汗をかいていた。荒い呼吸をなだめながら、胸を押さえる。心ノ臓は、ひどく速く脈を打っていた。

身を起こして水を飲んだ。熱はどうやら下がったようだ。腹にはまだ力が入らないが、峠はもう越した。

襖の隙間から入ってくる日の光は、赤く焼けた夕方のものだ。明け方からこの刻限まで、眠って過ごしてしまったらしい。

落ち着いてくると、部屋の外が騒がしいことに気がついた。子供たちの声がする。おうた、と名を呼ぶのも聞こえた。

その途端、瑞之助は、先ほど見ていた夢を思い出した。おうたがどこかへ行ってしまう恐怖に、ただ焦ることしかできない夢だった。

瑞之助は急き込んで尋ねた。

「桜丸さん、おうたちゃんの様子は？」

「どうしたのですか、そんな顔をして」

「嫌な夢を見たんです。おうたちゃんがいなくなってしまうのに、呼び戻すことができない夢でした」

桜丸は、ふにゃりと目元を緩めて笑った。

「逆夢というものですよ。いい知らせは悪い夢になって現れることがあるのです」

「それじゃあ、おうたちゃんは……」

「さっき目を覚ましました」

　桜丸の言葉を聞くや否や、瑞之助は布団から飛び出した。

　登志蔵と朝助が、開け放った襖の表で笑い合っていた。真樹次郎は、部屋の中でへたり込んでいた。

　おふうが膝の上におうたを抱えている。瑞之助が部屋に転がり込むと、おふうはにっこりした。

「よかった。瑞之助さんも、動けるようになったんだ」

「私はもう大丈夫だよ。おふうちゃんも？」

「うん。あたしも、おうたも、元気になれそう」

　おうたはぐずっていた。

「おっかさんはどこ？　うた、おなかが減ったの」

　瑞之助はほっとして、笑った。気が緩んだ拍子に涙も出た。

「おうたちゃんのおっかさんは、蛇杖院の長屋で休んでいるよ。おうたちゃんが元気になるのを待っているところだ」

　瑞之助が頭を撫でてやると、おうたはおふうにくっついて、上目遣いで瑞之助を見た。

「うた、おっかさんに会いたい」

「おふうちゃんがお世話してくれるのに、寂しいかい？」

「……おっかさんがいい」

「私もいるけれど、駄目かな？」

おうたは、じっと瑞之助を見つめていた。

高熱に苦しみながらぐずっていたときは、おうたの目から涙は流れなかった。嘔吐と下痢のために体の中の水が尽きてしまったのではと、瑞之助は不安だった。

今、おうたの目はいつもと同じように、みずみずしく輝いている。その目の輝きをのぞき込むだけで、瑞之助はまた、うっかり涙をこぼしてしまった。

おうたは、ちょっと膨れながら言った。

「瑞之助さんが一緒なら、いいよ。おっかさんがいなくても、寂しくない」

おうたが両腕を瑞之助のほうに伸ばした。

瑞之助は、おうたの小さな体をしっかりと抱きかかえた。おうたがぎゅっとくっついてくる力は存外強い。

「おうたちゃん、熱が下がったね。よかった」

瑞之助の腕の中で、おうたは不満そうに訴えた。

「うた、おなかが減った」

ちょうどそのとき、誰かの腹の虫が鳴いた。

登志蔵が噴き出した。

「今の、お真樹だな」

真樹次郎は、覆面と頭巾からのぞく目元を赤くした。登志蔵をじろりと睨んだが、すぐに笑った。

「俺も、おうたと同じだ。腹が減った」

あたしも、と、おふうが言った。登志蔵も桜丸も朝助も晴れやかな顔でうなずいた。

私もと応じるには、瑞之助はまだ腹の病がつらかった。次があるならば、瑞之助は真樹次郎の隣にいなければならない。

未熟であることが悔しかった。この悔しさを糧《かて》に前に進もうと、瑞之助は、抱きしめたおうたのぬくもりに誓った。

六

瑞之助は、桜丸にあらかじめ言われたとおり、一昼夜で起きられるようになった。おふうたちはその次の日、おうたはさらに二日後に床を上げることができた。おうたと一緒に、おなつも駒形長屋に帰っていった。

ダンホウかぜをこじらせた者たちのほうが、快復が遅れている。日頃から働きづめで、気晴らしといえば酒を飲むことだけだったらしい。もともと臓腑が痛んでいたようだと、真樹次郎がぼやいていた。

瑞之助は暇を見つけて、小さな掛け軸を一つこしらえた。手製の表装を施したのは、先日おうたが初めて書いた字だ。瑞之助とおうたの名が仲良く並んで、元気いっぱいに書かれている。

十月も半ばだ。空はからりと晴れていても、木枯らしが吹けば体が冷える。

今日の蛇杖院は、かぜをひいたという者がぱらぱらと訪れていた。真樹次郎は次から次へと診療に追われ、書物を開く暇もなかったようだ。夕日が赤く空を染める頃になっても、まだ真樹次郎は診療部屋から出てこない。

真樹次郎と湯屋へ行くのを待つ間に、瑞之助は思い立って、玉石を捜した。

玉石は中庭にいた。じれった結びに垂らした黒髪を、橙《だいだい》色の日差しにつやつやと染めて、薬園にたたずんでいた。

棗《なつめ》の木の下で、烏瓜《からすうり》が朱色の丸い実をつけている。棗の実である大棗《たいそう》も、烏瓜の根である王瓜根《おうがこん》も、漢方医術で用いる薬種だ。

玉石の傍らに、唐斎が座り込んでいた。竹筒でちびちびと飲んでいるのは、女《じょ》貞子《ていし》を煎じた茶だろう。女貞子は薬種だ。ねずみもちと呼ばれる黒い小さな木の実を乾燥させたものを、そう呼ぶ。肝の働きを助け、目の疲れを癒やすという。

唐斎は瑞之助の姿を認めるなり、舌打ちをして立ち上がった。

「ただでさえまずい茶が、ますますまずくなる」

毒づいて北の棟に向かう唐斎の背中に、瑞之助は声を掛けた。

「お疲れさまでです。手が足りないときは呼んでください。私にできる仕事なら、何でもやりますから」

唐斎は肩越しに振り向いた。

北の棟の病者は、真樹次郎も様子を見には行くが、唐斎がほとんど一人でずっと世話をしている。酒も飲まずにだ。

「今のてめえにできる仕事なんかねえよ、足手まとい。さっさと役に立つようになりやがれ」

瑞之助は、はっと胸をつかれた。唐斎は頭ごなしに瑞之助を否んだわけではない。口調はきついが、激励とも受け取れる言葉だ。

「ありがとうございます！　必ずお役に立てるよう、医術の修業に励みます！」

唐斎は犬でも追い払うように手を振って、北の棟へと引っ込んでいった。

玉石がため息交じりに笑った。

「あいつも丸くなったものだ。十年も経てば、人は変わるということか」

瑞之助は玉石のほうを振り返った。

「侍が嫌いだという人の気持ちは、私にも少しわかりますよ。旗本の次男坊としての暮らしには戻りたくないと思うくらいには、私も侍が好きではなかったようです」

「悔いてはいないのか？」

「少しも。下働きをしながら医術を学んでいる今の暮らしを、私はずっと望んでいたように思います。この体を動かして働くようになって、たくさんのことに気がつきました。私は今まで何を見て、何を学んで、何のために生きてきたのでしようね」

　玉石はまっすぐに瑞之助を見つめた。飄々《ひょうひょう》としているはずのいつもの笑みが、次第に苦しげに陰っていった。痛みを隠すような笑顔である。

「唐斎の侍嫌いは、違うんだ。本当は、おまえや登志蔵のような侍を嫌っているわけではない。のっぴきならないわけがある」

「わけ、ですか」

「あいつは昔、幼い頃からの友を侍に殺された。友もまた医者だったんだが、病を得た旗本の屋敷に招かれていって、戻ってきたときは、斬り殺された亡骸になっていた」

「なぜ……」

「詳《つまび》らかなところはわからずじまいだ。おおかた、死病を治す薬を作れと迫られて、無理だと突っぱねたんだろう。舌先三寸でごまかすことなどできない、不器用な男だった。あいつを死なせた旗本も、罪を問われぬまま、まもなく死んだらしいが」

　瑞之助は言葉を失った。

　身分をかさに着て威張り散らす大身旗本もいるものだと、兄からうっすらと聞かされたことはあった。剣術稽古の同輩にも、自分の親より禄の少ない家柄の子をいじめる者がいた。

しかし、たやすく人の命を奪うとは、一体何さまのつもりなのか。

玉石は淡々と続けた。

「唐斎の友は、わたしにとっても幼馴染みだった。そして、わたしの許婚でもあった。わたしは、人生がすっかり変わってしまったよ。唐斎も哀れだ」

瑞之助はようやくのことで、かすれ声を絞り出した。

「玉石さんも、私が初めに蛇杖院に住みたいと頼み込んだとき、侍は信用ならないと言いましたよね」

「聞こえていたか。つい、口が滑った」

「旗本の生まれの私が近くにいるだけで、玉石さんの気に障ることがたくさんあったでしょう。何も知らなかったとはいえ、私は、申し訳ないことをしていたんですね」

「いや、いい。瑞之助が負うべき責めなど、一つもない。口が滑っただけだと言っただろう。おまえの働きぶりを見て、書庫に入ることも早々に許したじゃないか」

「私はここにいていいのでしょうか」

玉石は、形のよい唇の端を吊り上げた。

「果たすべき大願を見つけることができれば、な」

瑞之助は背筋を伸ばした。懐に忍ばせた小さな掛け軸に、着物の上から触れる。

「そのことでお話があります」

「聞こう」

瑞之助は掛け軸を取り出し、開いてみせた。

「おうたちゃんが初めて書いた字です。先日、あの病にかかってしまう前の日に、私の部屋でこれを書いていきました。これから字の稽古をして上手になるのだと、張り切っていました。これからという日々が必ず訪れると、私は疑いもしませんでした」

瑞之助は言葉を切り、肩で息をした。

玉石は黙ったまま、瑞之助の言葉の続きを待っている。

声の震えを抑えながら、瑞之助は告げた。

「おうたちゃんが病にかかって、熱に浮かされて目を覚まさなかったとき、幼子の命の儚《はかな》さを知りました。七つまでは神の内だと、桜丸さんは言いました。真樹次郎さんは幼子の治療の難しさに頭を抱えていました。登志蔵さんは、生まれてまもない妹御を亡くしたそうです」

どんなに呼び掛けても、おうたが応えてくれなかった。あのとき、瑞之助は怖くて怖くてたまらなかった。

何もできない自分が情けなかった。それどころか、病の扱いを誤ったために、瑞之助自身が倒れてしまった。

「私は、あんなことを繰り返すのは嫌です。七つまでは神の内だなんて言って、幼子の命が失われていくのを、黙って見過ごしてなどいられません。私が変えたい。幼子の命を守れる医者になりたいんです」

玉石はうなずき、問うた。

「それがおまえの果たしたい大願か」

「はい。私は、医者になって人の命を救いたい。中でも、幼子の命です。当たり前のように幼子が死んでいくのを止めたいんです」

玉石は微笑んだ。

「聞き入れた。瑞之助が幼子のための医者になるのを、わたしが手助けしよう」

「ありがとうございます！」

瑞之助は深々と頭を下げた。玉石は、瑞之助の肩をそっと叩いて顔を上げさせた。

「新しい医書を探してみる必要があるな。ひとまず『金匱要略』の婦人病編をよく読んでおくといい。賀川玄悦《かがわげんえつ》の『産論』も、胎児や赤子については詳しい。一つの手掛かりにはなるだろう。真樹次郎には相談したのか？」

「いえ、まだです。話してみます」

「たくさん相談してやるといい。真樹次郎は、おまえに頼られると嬉しそうだ」

はい、と瑞之助が返事をしたとき、南の棟から真樹次郎が顔をのぞかせた。

「瑞之助、そこにいたのか。湯屋に行くぞ。支度をしろ。まったく、診療がこうも長引くと、暗くなる前に湯に入れないじゃないか」

ぶつくさと不平をこぼしつつも、真樹次郎の顔つきは明るい。病が重くなる前に相談に来た者が、今日は多かったのだろう。

瑞之助は玉石に会釈をして、真樹次郎に答えた。

「すぐ行きます。ちょっと待っていてください」

手にした掛け軸を巻き直す前に、瑞之助は、おうたの字を眺めた。今にも踊り出しそうなくらい、元気のよい字だ。

瑞之助はそっと微笑むと、掛け軸を巻き直して胸に抱えた。

長屋のほうへと駆ける。働きどおしで疲れているはずの体が、今は何だか軽かった。

空は、赤い夕焼けから冷えた色の夕闇へと、うっすら淡くにじみ始めている。

白く丸い月が瑞之助を見下ろしていた。

解説――勇気と希望を

末國善己《すえくによしみ》（文芸評論家）

時代小説には、山本周五郎《やまもとしゅうごろう》『赤ひげ診療譚』、藤沢周平《ふじさわしゅうへい》『獄医立花登《たちばなのぼる》手控え』、佐藤雅美《さとうまさよし》『町医 北村宗哲《きたむらそうてつ》』、山本一力《やまもといちりき》『たすけ鍼《ばり》』、藤原緋沙子《ふじわらひさこ》『藍染《あいぞめ》袴《ばかま》お匙帖《さじちょう》』、和田《わだ》はつ子『口中医《こうちゅうい》桂助《けいすけ》事件帖』、安住洋子《あずみようこ》『春告げ坂』、あさのあつこ『闇医者おゑん秘録帖』、朝井《あさい》まかて『藪医 ふらここ堂』など医療ものの系譜が存在している。二〇二〇年、剣術道場の師範代・瓜生《うりゅう》清太郎《せいたろう》と定廻り同心の藤代彦馬《ふじしろひこま》が、清太郎の姉で医師の真澄《ますみ》の協力を得ながら事件に挑む『姉上は麗《うるわ》しの名医』でデビューした馳月基矢《はせつきもとや》も、この伝統を受け継ぐ作家の一人である。

祥伝社文庫に初登場となる著者は、長崎県五島列島生まれ。京都大学文学部、同大学院修士課程を卒業、専門は東洋史で漢文の翻訳ができるという。デビュー作で第九回日本歴史時代作家協会賞文庫書き下ろし新人賞を受賞した著者は、その後も、大正時代を舞台に、様々な腕利きが集う梁山泊《りょうざんぱく》屋敷に所属する加能碧《かのうへき》一《いち》と行成光雄《ゆきなりみつお》が、東京帝大理学部の山川健次郎《やまかわけんじろう》教授の依頼で、妖刀がからむ連続殺人事件を調べる『帝都の用心棒　血刀数珠丸《けつとうじゆずまる》』、小普請《こぶしん》の御家人ながら剣術、学問に秀で手習所の師匠を務める出不精の白瀧勇実《しらたきいさみ》と、反対に活発な妹の千紘《ちひろ》たちの成長を追った青春小説色が強い『拙者、妹がおりまして』などを発表し、期待の新鋭として注目を集めている。なぜか世間の評判は悪いが腕利きの医師を揃えている蛇杖院《じゃじょういん》で、医師の修業をする若者を主人公にした本書『伏竜《ふくりょう》　蛇杖院かけだし診療録』は、江戸時代の医学を活写した正統派の医療時代小説である。

物語は、文政《ぶんせい》四年（一八二一年）二月、江戸でダンホウかぜ（インフルエンザ）と呼ばれる感染症が流行し、それに罹《かか》り衰弱した大身《たいしん》旗本の二男・長山瑞之助《ながやまみずのすけ》が、最後の望みとして蛇杖院に運び込まれるところから始まる。

ダンホウかぜの流行は史実で、曲亭馬琴《きょくていばきん》ら編の随筆集『兎園小説《とえんしょうせつ》』に「いたく流行せし風をダンホウと名づけたり、こはこの時のはやり小謡にダンホウサン〳〵と謡ひしことのあればなり」とある。また漢方医・多紀元堅《たきげんけん》の記録『時還読《じかんどく》我書《がしょ》』には、「都下感冒流行し、闔家《こうか》悉《ことごと》く枕に就くに至れり」「関東は、其証初起は稍々劇しく、加進すべき勢なれども、桂葛紫胡の類にて速《すみやか》に癒えたり、三月初旬までにて止みたり、然れどもまゝ余邪類連する者あり、動《やや》もすれば吐《と》衄血《じくけつ》をなすもの多かりし、蓋《けだし》近年感冒の流行、病者の夥《おびただ》しきこと、是歳の如きは曾て見及ばざるほどのことなりき」とあるので、パンデミックの凄《すさ》まじさがうかがえる。

作中ではダンホウかぜ流行下の江戸が、「咳《せき》でうつる」ため商売人が「口元を手ぬぐいで覆う盗人《ぬすっと》のような姿」で人前に立ち、病者でも食べられる「水菓子」が買い占められ、「かぜによい薬」が軒並み値上がりしたなどとされている。これは新型コロナウイルス感染症（COVID‐19）の世界的なパンデミックに見舞われ、誰もがマスク姿で出歩き、パニックからトイレットペーパー、マスク、消毒液などが店頭から消えた時期もあり、世界規模で争奪戦が繰り広げられたワクチンの輸入量に一喜一憂した現代の日本と重なるだけに、感染症の恐怖が生々しく感じられるのはもちろん、すんなりと物語世界に入っていけるのではないか。

漢方医・堀川真樹次郎《ほりかわまきじろう》の治療で回復した瑞之助は弟子入りを志願、日本橋《にほんばし》にある唐物《からもの》問屋の大店《おおだな》・烏丸屋《からすまや》の娘で、大金をつぎ込み小梅《こうめ》村に蛇杖院を開き貴賤を問わず受け入れている玉石《ぎょくせき》に、下働きをしながら真樹次郎から医学の手ほどきを受けることを認められた。ここから、剣の腕も医師の技量も確かな蘭方医の鶴《つる》谷登志蔵《やとしぞう》、病の原因の「穢《けが》れ」が見え、それを避けたり払ったりできる拝み屋の桜 丸《さくらまる》ら、一癖も二癖もある蛇杖院の面々に揉まれながらの瑞之助の修業が始まる。

時代小説や時代劇では、古い治療法に固執《こしつ》する漢方医は、西洋からもたらされた最新の科学技術で患者を救う蘭方医の引き立て役にされることが多い。だが実際の漢方は、江戸中期に陰 陽五行《おんみょうごぎょう》説を基にした観念的な漢方医学を否定し、病気の状態とそれに適した処方をまとめた後漢の医師・張 仲景《ちょうちゅうけい》の著作『傷寒論《しょうかんろん》』に回帰しエビデンスを重視する治療を行った古方《こほう》派、漢方の古典的な文献を整理・分類して正しい原典にしようとした考証学派、優れた治療法なら学派を問わず取り入れた折 衷《せっちゅう》派、漢方と蘭方を融合させた漢蘭折衷派など、より実践的な流派が生まれ治療の実績も高かったようだ。漢方医の真樹次郎が活躍する本書は、丹念な時代考証で当時の漢方医学の水準の高さを指摘しつつ、蘭方を軸にした医療時代小説とは一線を画す物語を作ることに成功したのである。

なお先に引用した『時還読我書』を書いた多紀元堅は考証学派の漢方医で、父・元簡《げんかん》の研究を発展させた元堅の弟子には、森鷗外《もりおうがい》が評伝を書いた渋江抽斎《しぶえちゅうさい》がいる。有吉佐和子《ありよしさわこ》の歴史小説『華岡青洲《はなおかせいしゅう》の妻』で描かれた華岡青洲は、漢蘭折衷派の医師である。西洋医学を学ばないと医師の免許が取れなくなった明治以降は、急速に漢方の伝統が廃《すた》れ、渋江抽斎も華岡青洲も小説で取り上げられるまで忘れられていた。その意味で本書も、中国、日本で独自の発展を遂げた東洋医学を見直す切っ掛けを与えてくれるよう思える。

もともと器用で、剣も学問も芸事もすぐに上達した瑞之助だったが、蛇杖院の仕事はなかなか巧《うま》くいかず、いつも先輩の女中・巴《ともえ》に怒られていた。第一話「医道ことはじめ」は、瑞之助が医者になることに反対している母親が、家にもどるよう説得するため他家に嫁《とつ》いだ姉の和恵《かずえ》を送り込んでくる。暑い夏の日、和恵は蛇杖院を訪れるが、一緒に来た娘の喜美《きみ》が体調を崩す。病状とその日の喜美の行動を聞いた真樹次郎が原因を探り当てる展開は、伏線が丁寧に回収され、年頃の喜美の心理を利用した仕掛けも用意されており、ミステリ的な面白さがある。山本周五郎『赤ひげ診療譚』や藤沢周平『獄医立花登手控え』にも謎解きメインの作品があるので、第一話のほかにも本書にミステリ・タッチの収録作があるのは医療時代小説として当然のことなのである。

第二話「肥甘《ひかん》の病」では、蛇杖院の由来がギリシャ神話に登場する名医アスクレピオスが持つ蛇が巻き付いた杖《つえ》だと明かされる。世界保健機関（WHO）の旗にも使われているアスクレピオスの杖に由来する蛇杖院を舞台にするのは時代小説らしくないと考える読者もいるかもしれないが、コナン・ドイルの愛読者だった岡本綺堂《おかもときどう》が〈シャーロック・ホームズ〉シリーズを参考に『半七捕物帳《はんしち》』を書き、ジョンストン・マッカレー『双生児の復讐』をベースに下村悦夫《しもむらえつお》『悲願千人斬』、三上於兎吉《みかみおときち》『雪之丞変化《ゆきのじょうへんげ》』が生まれるなど、時代小説は欧米の文化を取り入れながら発展してきたことを思えば、決して奇をてらった設定ではないのだ。

「肥甘の病」は、真樹次郎と同じ流派の橋田唐斎《はしだとうさい》が発端になったトラブルに、真樹次郎と瑞之助が巻き込まれる。唐斎は、呉服屋の大店・大和屋《やまとや》の大旦那・吟《ぎん》右衛《え》門《もん》を治療していたが、吟右衛門が別の医者に唐斎が処方した薬を調べさせたところ「薬にも毒にもならん」といわれたと蛇杖院に怒鳴り込んできた。吟右衛門から話を聞いた真樹次郎は、なぜか瑞之助に唐《とう》の玄宗《げんそう》に反乱を起こした安禄山《あんろくざん》について調べるように命じる。効果のない薬、安禄山の記録といった無関係に思える話がリンクし、意外な真相を浮かび上がらせる終盤は圧巻《あっかん》である。

第三話「人参騒動」は、瑞之助を連れて蘭方に使う「小さな刃物」を研ぎに出すため浅草見附の裏長屋に行った登志蔵が、帰り道で立ち寄った煮売り屋で、奥にいた男たちが人参が「一袋で十両だの二十両だの」と話していたことに不審を持つ。二人は男たちの尾行を始めるが、逆に屈強な男たちに囲まれてしまう。

「人参騒動」は、時代小説で高価な「人参」が出てくると多くの読者がある物を思い浮かべるであろうことを逆手に取ったトリックが秀逸で、瑞之助と登志蔵が大勢の無頼漢《ぶらいかん》を相手に立ち回りを演じるなど派手なアクションでも物語を盛り上げていくだけに、ミステリ好きも、剣豪小説好きも満足できるはずだ。

第四話「果たすべき大願」では、病弱な母親のため蛇杖院で働いている少女おふうとおうた姉妹が暮らす長屋で、下痢と嘔吐《おうと》を伴う感染症が流行しおふうとおうたも感染、さらにダンホウかぜも再流行し、瑞之助も病に倒れる。

「穢れ」が見える桜丸は、病人がいた部屋や厠《かわや》は襤褸《ぼろ》を使って掃除し、汚れた襤褸は焼く、病人が手を触れた場所は酒で清める、箸《はし》や茶碗などは釜茹《かまゆ》でにするなど、矢継ぎ早に指示を出していく。このようにすれば「穢れ」が祓《はら》えると桜丸は説明するが、現代的にいえば衛生管理の徹底である。合理的な思考と細心の注意で、次々と運ばれてくる感染症の患者を治療する蛇杖院の人たちを描く場面は、新型コロナの最前線で戦う医療従事者へのエールと考えて間違いあるまい。それだけでなく、乗り越えられない感染症はないと示したところは、新型コロナの流行による閉塞感に苦しむすべての人に勇気と希望を与えてくれるのである。

蛇杖院の医師になるのであれば、「果たすべき大願」を考えるよう玉石にいわれていた瑞之助は、パンデミックの混乱の中でそれを見つける。まだ医師として活躍の機会を与えられていない「伏竜」に過ぎない瑞之助が、真樹次郎や登志蔵らの指導を受け、どのように成長していくのか。今後の展開が楽しみである。

一〇〇字書評

伏竜

切・り・取・り・線

購買動機（新聞、雑誌名を記入するか、あるいは○をつけてください）	
□（　　　　　　　　　　　　）の広告を見て	
□（　　　　　　　　　　　　）の書評を見て	
□ 知人のすすめで	□ タイトルに惹かれて
□ カバーが良かったから	□ 内容が面白そうだから
□ 好きな作家だから	□ 好きな分野の本だから

・最近、最も感銘を受けた作品名をお書き下さい

・あなたのお好きな作家名をお書き下さい

・その他、ご要望がありましたらお書き下さい

住所	〒				
氏名		職業		年齢	
Eメール	※携帯には配信できません		新刊情報等のメール配信を 希望する・しない		

この本の感想を、編集部までお寄せいただけたらありがたく存じます。今後の企画の参考にさせていただきます。Eメールでも結構です。

いただいた「一〇〇字書評」は、新聞・雑誌等に紹介させていただくことがあります。その場合はお礼として特製図書カードを差し上げます。

前ページの原稿用紙に書評をお書きの上、切り取り、左記までお送り下さい。宛先の住所は不要です。

なお、ご記入いただいたお名前、ご住所等は、書評紹介の事前了解、謝礼のお届けのためだけに利用し、そのほかの目的のために利用することはありません。

〒一〇一－八七〇一
祥伝社文庫編集長　清水寿明
電話　〇三（三二六五）二〇八〇

祥伝社ホームページの「ブックレビュー」からも、書き込めます。
www.shodensha.co.jp/bookreview

祥伝社文庫

伏《ふく》竜《りよう》　蛇杖院《じやじよういん》かけだし診療録

令和 3 年 11 月 20 日　初版第 1 刷発行

著　者　馳月基矢《はせつきもとや》
発行者　辻　浩明
発行所　祥伝社《しようでんしや》
東京都千代田区神田神保町 3-3
〒 101-8701
電話　03（3265）2081（販売部）
電話　03（3265）2080（編集部）
電話　03（3265）3622（業務部）
www.shodensha.co.jp

印刷所　堀内印刷
製本所　ナショナル製本
カバーフォーマットデザイン　中原達治

本書の無断複写は著作権法上での例外を除き禁じられています。また、代行業者など購入者以外の第三者による電子データ化及び電子書籍化は、たとえ個人や家庭内での利用でも著作権法違反です。
造本には十分注意しておりますが、万一、落丁・乱丁などの不良品がありましたら、「業務部」あてにお送り下さい。送料小社負担にてお取り替えいたします。ただし、古書店で購入されたものについてはお取り替え出来ません。

Printed in Japan ©2021, Motoya Hasetsuki ISBN978-4-396-34779-6 C0193

祥伝社文庫の好評既刊

今村翔吾
火喰鳥《ひくいどり》 羽州《うしゅう》ぼろ鳶《とび》組
かつて江戸随一と呼ばれた武家火消・源吾《げんご》。クセ者揃いの火消集団を率いて、昔の輝きを取り戻せるのか⁉

今村翔吾
夜哭烏《よなきがらす》 羽州ぼろ鳶《とび》組②
「これが娘の望む父の姿だ」火消としての矜持を全うしようとする姿に、きっと涙する。最も〝熱い〟時代小説！

今村翔吾
九紋龍《くもんりゅう》 羽州ぼろ鳶《とび》組③
最強の町火消とぼろ鳶組が激突⁉ 残虐な火付け盗賊を前に、火消は一丸となれるのか。興奮必至の第三弾！

今村翔吾
鬼煙管《おにきせる》 羽州ぼろ鳶《とび》組④
京都を未曾有の大混乱に陥れる火付犯の真の狙いと、それに立ち向かう男たちの熱き姿！

今村翔吾
菩薩花《ぼさつばな》 羽州ぼろ鳶《とび》組⑤
「大物喰いだ」諦めない火消たちの悪あがきが、不審な付け火と人攫いの真相を炙り出す。

今村翔吾
夢胡蝶《ゆめこちょう》 羽州ぼろ鳶《とび》組⑥
業火の中で花魁《おいらん》と交わした約束――。消さない火消の心を動かし、吉原で頻発する火付けに、ぼろ鳶組が挑む！

祥伝社文庫の好評既刊

今村翔吾
狐花火《きつねはなび》
羽州ぼろ鳶《とび》組⑦

水では消えない火、噴き出す炎、自然発火……悪夢再び！　江戸の火消たちは団結し、全てを奪う火龍に挑む。

今村翔吾
玉麒麟《ぎょくきりん》
羽州ぼろ鳶《とび》組⑧

真実のため、命のため、鳥越新之助《とりごえしんのすけ》は江戸の全てを敵に回す！　豪商一家惨《ざん》殺《さつ》の下手人《げしゅにん》とされた男の運命は？

今村翔吾
双風神《ふたつふうじん》
羽州ぼろ鳶《とび》組⑨

人の力では止められない、最悪の災《わざわ》い火焔旋風〝緋鼬《あかいたち》〟。東と西、武士と町人いがみ合う火消達を一つにできるか？

今村翔吾
黄金雛《こがねびな》
羽州ぼろ鳶《とび》組　零

新人火消・松永源吾が怪火に挑む！十六歳の若者たちの魂が絶叫する。羽州ぼろ鳶組はじまりの第〝零〟巻。

今村翔吾
襲大鳳《かさねおおとり》　上
羽州ぼろ鳶《とび》組⑩

あの大火から十八年、再び尾張藩邸を火柱が襲う！　源吾の前に、炎の中から運命の男が姿を現わす。

今村翔吾
襲大鳳《かさねおおとり》　下
羽州ぼろ鳶《とび》組⑪

侍火消はひたむきに炎と戦う！　尾張藩を襲う怪火の正体は？　仲間を、友を、〝信じる〟ことが未来を紡ぐ。

祥伝社文庫の好評既刊

西條奈加
六花落々《りっかふるふる》
「雪の形を見てみたい」自然の不思議に魅入られて、幕末の動乱と政に翻弄された古河藩下士・尚七の物語。

西條奈加
銀杏《ぎんなん》手ならい
手習所『銀杏堂』に集う筆子とともに成長していく日々。新米女師匠・萌の奮闘を描く、時代人情小説の傑作。

辻堂　魁
縁切り坂　日暮し同心始末帖⑥
比丘尼女郎が首の骨を折られ殺された。同居していた妹が行方不明と分かるや龍平は彼女の命を守るため剣を抜く！

辻堂　魁
遠き潮騒《しおさい》　風の市兵衛⑲
失踪した弥陀ノ介の友が銚子湊で目撃された。そこでは幕領米の抜け荷が噂され、役人だった友は忽然と消え……。

辻堂　魁
架け橋　風の市兵衛⑳
海賊のはびこる伊豆沖から市兵衛へ助けを乞う声が。声の主はなんと弥陀ノ介の前から忽然と消えた女だった。

辻堂　魁
父子《おやこ》の峠　日暮し同心始末帖⑦
年寄りばかりを狙った騙りの夫婦を捕縛した日暮龍平。それを知った騙りの父が龍平の息子を拐かした！

祥伝社文庫の好評既刊

辻堂 魁　暁天《ぎょうてん》の志　風の市兵衛 弐《に》㉑

市中を脅かす連続首切り強盗の恐怖が迫るや、市兵衛は……。大人気シリーズ新たなる旅立ちの第一弾！

辻堂 魁　修羅《しゅら》の契《ちぎ》り　風の市兵衛 弐《に》㉒

病弱の妻の薬礼のため人斬りになった男を斬った市兵衛。男の子供たちを引きとり、共に暮らし始めたのだが……。

辻堂 魁　銀花《ぎんか》　風の市兵衛 弐《に》㉓

政争に巻き込まれた市兵衛、北へ――。そこでは改革派を名乗る邪悪集団が私欲を貪り、市兵衛暗殺に牙を剝いた！

辻堂 魁　縁《えにし》の川　風の市兵衛 弐《に》㉔

《鬼しぶ》の息子・良一郎と幼馴染みの小春が大坂へ欠け落ち!? 市兵衛が大坂へ向かうと不審な両替商の噂が…。

辻堂 魁　天満橋《てんまばし》まで　風の市兵衛 弐《に》㉕

米騒動に震撼する大坂・堂島蔵屋敷で手代が不審死を遂げた。さらに市兵衛をつけ狙う凄腕の刺客が現れた！

辻堂 魁　神の子　花川戸町自身番日記

浅草花川戸の人情小路に暮らす人々の健気で懸命な姿を、自身番の書役可一の目を通して描く感涙必至の時代小説。

〈祥伝社文庫　今月の新刊〉

宮津大蔵
うちら、まだ終わってないし
アラフィフの元男役・ポロは再び舞台に立つことを目指す。しかし、次々と難題が……。

森　詠
ソトゴト　梟《ふくろう》が目覚めるとき
東京五輪の陰で密かに進行していた、日本壊滅の危機！　テロ犯を摘発できるか？

南　英男
疑惑領域　突撃警部
剛腕女好き社長が殺された。だが全容疑者にアリバイが？　衝撃の真相とは——。

鳥羽　亮
虎狼《ころう》狩り　介錯人・父子斬日譚
貧乏道場に持ち込まれた前金は百両。呉服屋の無念を晴らすべく、唐十郎らが奔走する！

五十嵐佳子
女房は式神《しきがみ》遣い！　あらやま神社妖異録
町屋で起こる不可思議な事件。立ち向かうのは、女陰陽師とイケメン神主の新婚夫婦！

馳月基矢
伏竜《ふくりよう》　蛇杖院《じやじよういん》かけだし診療録
悪の巣窟と呼ばれる診療所の面々が流行病と対峙。その一途な姿に……。熱血時代医療小説！